苏州
无锡
龙游
金华
江山

伟大的渡江

在靖江

范敏　主编

江苏凤凰文艺出版社
JIANGSU PHOENIX LITERATURE AND ART PUBLISHING, LTD

图书在版编目（CIP）数据

伟大的渡江：在靖江 / 范敏主编. — 南京：江苏凤凰文艺出版社，2019.1
ISBN 978-7-5594-0660-6

Ⅰ. ①伟… Ⅱ. ①范… Ⅲ. ①报告文学－中国－当代 Ⅳ. ①I25

中国版本图书馆 CIP 数据核字(2018)第 272911 号

书　　名	伟大的渡江：在靖江
主　　编	范　敏
责任编辑	王　青　张　倩
出版发行	江苏凤凰文艺出版社
出版社地址	南京市中央路 165 号，邮编：210009
出版社网址	http://www.jswenyi.com
印　　刷	苏州越洋印刷有限公司
开　　本	718×1000 毫米 1/16
印　　张	20
字　　数	400 千字
版　　次	2019 年 1 月第 1 版　2019 年 1 月第 1 次印刷
标准书号	ISBN 978-7-5594-0660-6
定　　价	58.00 元

目　录

序/1

一　长江天堑 / 1

二　三军云集 / 35

三　粮草路桥 / 63

四　船只船工 / 97

五　厉兵秣马 / 125

六　军民鱼水 / 149

七　决战前夜 / 173

八　雄师渡江 / 203

九　群英荟萃 / 233

十　无上荣光 / 271

后记 / 309

序

弘扬靖江精神　铸造靖江品格

中共靖江市委书记　赵　叶

靖江，浪花捧起的土地，生来便与长江有着千丝万缕的联系。70年前，中国人民解放军第三野战军第10兵团4个军20余万人，从靖江飞渡长江，吹响了“打过长江去，解放全中国”的胜利号角。靖江，成为渡江战役千里战线的东线起点，被誉为“东线第一帆”。

掀开历史的篇章，拂去岁月的尘封。这片土地上曾经历经千帆的峥嵘岁月，曾经倾尽所有的众志成城，曾经浸润人心的渡江精神，都值得被重温、被尊重、被传承。作为人民政协一项经常性、基础性的工作，文史资料工作就肩负着归整历史、启示后人的光荣使命。

靖江人的骨子里从来不缺渡江精神。1949年的靖江，人口只有37万，粮食作物总产量仅9.8万吨，但在渡江战役的准备及实施期间，靖江人民的贡献却是惊人的。兵马未动，粮草先行。当时正值春荒，靖江人民勒紧腰带，在短短的3个月时间里，硬是支援粮食300万斤、草料950万斤；随军筑路，立马造桥，许多靖江儿女毫不迟疑地砍掉自家的大树，在短短20多天时间里，筑公路350余里，支援驻军的人力达12万余人次。在夜色和芦苇丛的掩护下，在奔流不息的江水中，多少人家父子同支前，母女同支前，一家三代同撑一条船，划起数千只木帆船，冒着敌人的炮火，送军渡大江。每一船乘风破浪，每一声江涛击帆，都是靖江儿女齐心协力勇往直前的伟大力量。

靖江的美好未来需要铸造靖江品格。城市的历史是滋养着城市精神的宝贵资源，不管是70年前，还是70年后，在靖江儿女的心中，伟大的渡江不仅仅是中国人民解放战争史上的光辉一页，它代表的更多的是一根历史的标杆，一种精神的传承，一座时代的丰碑。靖江人素来有着“筚路蓝缕、以启山林”的奋斗基因，凭借着一代又一代马洲儿女“聚沙成洲、奋发超越”的砥砺奋进，才得以成就靖江今天的综合实力和特色优势。站在新时代的历史起点，面对推动经济发展高质量、社会治理高效能、精神文明高品位、生态环境高颜值、幸福生活高指数的新要求，靖江提出在奋进路上涵养“人心齐、士弘毅、敢争先”的靖江品格，让城市品格凸显在城市肌理之间，融汇在市民血液之中，鼓荡全市人民各尽其能、奋发有为，播撒豪情壮志，书写靖江荣光。可以说，靖江品格正是渡江精神在新时代的注解，靖江儿女的红色基因和独特的文化底蕴，已熔铸成一种城市精神，生生不息、历久弥新。

梦想照亮前方，奋进正当其时。要实现“江花红胜火、靖江绿如蓝”的新愿景，就是要树立崇高的理想，以坚定的信心和务实的作风笃行实干，敢想敢拼。眼下，各行各业的我们都是正在“渡江”的摆渡人，横亘在面前的江河里，可能有汹涌的经济漩涡，可能有暗藏的发展礁石，在开辟美好靖江新境界、创造人民美好新生活的过程中，一定会遇到许多需要我们劈波斩浪、费尽心力的沟坎。但，艰难困苦，玉汝于成。纵有千磨万砺，也难不倒学在深处、谋在新处、干在实处的靖江人。在推进全市“率先领先争先”实践、深化“创新绿色融合”发展的新征程中，靖江精神、靖江品格必将引领靖江儿女在全面建成小康社会的道路上进一步汇聚正能量、绽放新光彩。

伟大的渡江，从靖江出发，扬帆起航。

伟大的靖江精神，在马洲大地屹立，绵久不衰。

是为序。

一　长江天堑

长江，和黄河一起，被称为中华民族的母亲河，它发源于青藏高原的唐古拉山脉各拉丹冬峰西南侧，一路融汇百川，越三峡，过荆楚，注洞庭，灌鄱阳，奔吴越，气势磅礴，浩浩汤汤。

长江，全长约6300公里，在世界大河中长度仅次于非洲的尼罗河和南美洲的亚马逊河，居第三位。自古长江就被称作天堑，围绕着这条天堑曾爆发过许多次战争，其中有些战争改变了中国历史的进程。

东汉建安十三年（208年），割据北方的曹操政权率领20多万大军从江陵（今属湖北）沿江东进，与孙权、刘备联军在湖北赤壁对峙，结果孙、刘联军采取火攻，一举焚毁了曹操的战舰，“樯橹灰飞烟灭”，由此奠定了三国鼎立的局面。

西晋定鼎以后，为了统一天下，于太康元年（280年），晋武帝司马炎命王濬等人率领西晋大军，水陆俱进、多路并发，顺长江东流直下灭吴，从而结束了东汉以来数十年的分裂局面，亦为后世用兵长江提供了借鉴。

唐武德四年（621年），唐高祖李渊派遣李孝恭、李靖率领大军南下，攻灭了都于长江中游江陵、割据江南的萧铣政权。大唐盛世时期，长江流域安澜了将近300年。

元至正二十三年（1363年），陈友谅率60万大军和几百艘战船包围了位于洪都（今南昌）的朱文正，朱元璋率20万舟师解救。面对巨大的战船，朱元璋两次采取火攻战术，纵火焚烧战舰数百艘。陈友谅率部向湖口突围，朱元璋切断退路，陈友谅中箭而亡。为期36天的鄱阳湖大战，以朱元璋获胜而告终。

清咸丰五年（1855年）一月，太平军将领石达开与曾国藩的湘军在江西九江湖口展开激战，太平军大胜。湖口之战的胜利，使太平军西征战局转败为胜，夺回了长江中下游地区战争的主动权。

历史已经远去，江水依旧东流。元代大戏剧家关汉卿在他所写的杂剧《单刀会》中，借关羽之口发出这样的慨叹：

这不是江水，这是20年来流不尽的英雄血！

1949年，又一场围绕着长江展开的大战即将拉开帷幕，其战线之长，规模之大，声势之壮，影响之远，都将远远地超过以往。

当历史的车轮行进到1949年的时候，持续近三年的国共内战胜负已现端倪。历史的天平正向以毛泽东为首的中国共产党倾斜。

1948年11月2日，辽沈战役结束，人民解放军歼灭国军47.2万余人，其中毙伤国民党军官兵5.68万人，俘虏32.43万人。

1949年1月10日，淮海战役结束，徐州剿匪总司令部刘峙所指挥的国民党军5个兵团部、22个军部、56个师及一个绥靖区共55.5万人被消灭及改编。

1949年1月31日，平津战役结束，此役消灭及改编中华民国国军3个兵团、13个军、50个师，共计52.1万人。

至此，改变中国命运的三大战役全部落下帷幕，国共双方的实力也发生了根本性的逆转。国民党军只剩下204万人，解放军则增加到358万人，形成了压倒性优势。

国民党不只是军事上的一败涂地，国民党统治区的民族工商业纷纷倒闭，农村经济破产，国统区广大人民陷于失业、贫困、饥饿的深渊。民族资产阶级公开转向共产党，各民主党派和人民团体的代表与知名人士成批地投奔解放区。美国政府也深感回天无力，抛下了在危境中的蒋介石，等待所谓的尘埃落定。

无可奈何花落去，1949年1月1日，蒋介石发布了《新年文告》，暗示自己将下野，并提出了国共议和。

蒋介石试图以议和来求得喘息之机，妄图依托长江以南半壁江山，重整军力，伺机反扑的伎俩，被中共中央与毛泽东看得很清楚。

1月5日，毛泽东为新华社写了《评战犯求和》的评论，揭露蒋介石的所谓“求和”阴谋。14日又发表了《关于时局的声明》，指出“为迅速结束战争，实现真正的和平，减少人民的痛苦”，中国共产党愿意以惩办战争罪犯等8项条件作为基础，与

“南京国民党政府及其他任何国民党地方政府以及军事集团进行和平谈判”。

1月21日，蒋介石宣布“引退”，由副总统李宗仁代行总统之职。李宗仁就任之后，积极谋求国共和谈，表示接受中共提出的8项条件为谈判基础，并要求解放军暂时停止进攻。

经中共中央同南京政府协商决定，中共方面派出以周恩来为首席代表的中共代表团，与南京方面派出以张治中为首席代表的国民党政府代表团，以中共中央提出的8项和平条件为基础，自4月1日起在北平开始谈判。

但是，蛰居在奉化溪口的蒋介石，仍以国民党总裁身份继续总揽大权，幕后操纵指挥，困兽犹斗，妄图凭借长江天险，与中共一决雌雄。他在“下野”后，在溪口召见何应钦、顾祝同、汤恩伯等高级将领开会，部署长江防线。

国民党军统帅部依据蒋介石的意图，将其京沪杭警备总司令部（本书中除特别注明外，“京”均指当时的国民政府首都南京）和华中军政长官公署两大集团共70万人，以及海军第2舰队、江防舰队、空军4个大队，在东起上海、西至湖北宜昌段的沿江地带和浙赣线以北地域设防。以一部兵力前出汉口至江阴段长江北岸，控制江北若干桥头堡和江心洲，主力沿南岸布防，将主要防御方向置于江阴以西、南京以东地段，并在纵深控制一定机动兵力，企图在人民解放军渡江时，依托既设阵地，在海、空军的配合下，大量杀伤解放军于江面，或反击歼灭解放军于滩头阵地。如江防被突破，则退守上海及浙赣铁路一线，继续组织抵抗。其长江防御的具体部署为：京沪杭警备总司令部汤恩伯所属之25个军，约45万人，在上海至湖口段沿江地区及浙赣线以北地区布防，组成两道防线。沿江为第一道防线，共18个军，其中淞沪警备司令部所辖第37、第75、第52军，负责金山卫、吴淞口至白茆口段的防御；第1绥靖区所辖第123、第21、第51、第4军，负责白茆口至镇江段的防御，第54军位于丹阳、武进地区为战役预备队；第6兵团和首都卫戍总部所辖第45、第28、第99军，负责镇江以西之桥头镇至马鞍山段的防御，置重点于南京及浦口、浦镇地区；第7绥靖区所辖第66、第20、第88军，负责马鞍山至铜陵段的防御，另以17兵团的106军位于泾县、宁国地区为预备队；第8兵团所辖第55、第96、第68军，负责铜陵至湖口段的防御。负责上述江防任务的第一梯队，分别以一部兵力控制长江北岸若干要点及江心洲。第二道防线布设于浙赣线及浙东地区，沿该线及其以南地区共7个军，即第73、第87、第74、第85、第18、第67、第12军，负责纵深防御。

华中军政长官公署白崇禧部15个军，约25万人，在湖口至宜昌段沿江地区布防，其中10个军直接负责江防，5个军负责长沙、南昌、九江、安庆等地防御。

海军第2舰队，辖各种舰艇89艘，位于长江下游；江防舰队，辖各种舰艇44艘，位于长江中游。配置在上海、南京、汉口等地的空军4个大队，共有作战飞机300余架。海空军担负支援陆军扼守长江防线的任务。

此外，停泊在吴淞口和长江口的美、英军舰，也有可能对解放军渡江作战进行干涉和袭扰。

关于作战计划，蒋介石指示各高级将领：“以长江防线为外围，以京沪杭三角地带为重点，以淞沪为核心，采取持久防御方针，最后坚守淞沪，与台湾遥相呼应。必要时，我们以优势海空军从台湾支援淞沪，然后待机反攻。”[①]同时，蒋介石致函在南京、上海的国民党军事、政治、党务、特务首领，命令他们必须作战到底。

而被蒋介石架空处在孤立境遇的李宗仁急于做出“谋和”的积极姿态，实际意图是通过和谈，实现划江而治，建立“南北朝”。在大唱“和平、和谈”高调的同时，也在暗中积极进行军事部署和准备。

渡江作战，向全国进军，是中共中央的既定方针，但是为了迅速结束战争，减少人民痛苦，中共中央毅然放弃了发起渡江战役的最佳时机，克服了大军云集造成的粮草不继、交通不畅等严

---

① 王俯民著,《蒋介石传》,经济日报出版社,1995年2月,第244页。

重问题，与南京国民政府举行谈判。

中共中央对谈判的最终结果并不存在幻想，也一着不让地做着军事斗争的准备。

淮海战役结束后，华东、中原野战军全面转入春季休整。

为了适应向全国进军的需要，中央军委于1949年1月15日发布了《关于野战军番号改按序数排列的决定》，利用1949年春季休整期间，对中国人民解放军陆续进行了整编。将西北、中原、华东、东北野战军依次整编为第一、第二、第三、第四野战军。

其中中原野战军改称第二野战军，由刘伯承任司令员，邓小平任政治委员，张际春任副政治委员兼政治部主任，李达任参谋长，下辖第3、第4、第5兵团。第3兵团由陈锡联任司令员，谢富治任政治委员，辖第10、第11、第12军；第4兵团由陈赓任司令员兼政治委员，辖第13、第14、第15军；第5兵团由杨勇任司令员，苏振华任政治委员，辖第16、第17、第18军。全野战军共28万余人。

华东野战军改称第三野战军，由陈毅任司令员兼政治委员，粟裕任副司令员兼第二副政治委员，谭震林任第一副政治委员，张震任参谋长，唐亮任政治部主任，下辖第7、第8、第9、第10兵团。第7兵团由王建安任司令员，谭启龙任政治委员，辖第21、第22、第23、第35军；第8兵团由陈士榘任司令员，袁仲贤任政治委员，辖第24、第25、第26、第34军；第9兵团由宋时轮任司令员，郭化若任政治委员，辖第20、第27、第30、第33军；第10兵团由叶飞任司令员，韦国清任政治委员，辖第28、第29、第31军。全野战军共58.1万余人。

与此同时，长江以南几支较大的游击队，遵照中央军委的命令，也先后进行了整编。这次整编，使人民解放军在正规化、现代化建设方面迈进了一大步。

同日，华野前委在《关于整训期间全军后勤工作指示》中指出：全军后勤工作的总任务便是尽一切努力完成进军的各种物质准备和加强后勤部门的各种建设，以保证进军江南的供应补给。

1月20日，在徐州东北的贾汪举行的华野前委扩大会议上，副司令员粟裕代表华东野战军前委作了题为《淮海战役的伟大胜利和华东野战军1949年6大任务》的总结报告。粟裕特别强调，部队两个半月的休整，就是为了打过长江去，一切是为了如何渡过长江。要反对“歇一歇”的思想，要树立远离大后方作战的观念。

2月11日，毛泽东以中央军委的名义致电刘伯承、陈毅、邓小平等人，决定：

（渡江作战中）总前委照旧行使领导军事及作战职权，华东局和总前委均直属中央。[①]

① 中共中央文献研究室中央档案馆编，《中央军委关于同意三月底渡江作战计划等问题的指示》，《建党以来重要文献选编（一九二一——一九四九）第二十六册》，第118页。

渡江战役总前委左起：粟裕、邓小平、刘伯承、陈毅、谭震

总前委全称是中共中央淮海战役总前敌委员会，设立于1948年11月16日，是统筹解决淮海战役指挥和后勤保障的领导机构。总前委由刘伯承、陈毅、邓小平、粟裕、谭震林等5人组成。并以刘伯承、陈毅、邓小平为常委，其中邓小平担任书记。

根据中央军委的电令，总前委继续履行职能，这样，渡江战役有了一个坚强、统一的组织领导集体。

此前的2月9日，遵照中共中央、中央军委的指示，针对国民党军江防布局和地形情况，总前委已初步确定了渡江作战的方案。

3月26日，总前委邓小平、陈毅和三野指挥机关由徐州进驻蚌埠东南孙家圩子。31日，总前委书记邓小平在听取各野战军情况报告的基础上，统筹全局，最终确定了渡江作战的决心部署。邓小平亲自起草了《京沪杭战役实施纲要》（以下简称《纲要》）。

4月3日，中央军委批准了这一战役纲要。

《纲要》确定以第二野战军3个兵团组成西突击集团，以第三野战军4个兵团分别组成中、东两个突击集团，采取钳形突击和宽正面、有重点的多路攻击的战法，在江苏省的靖江至安徽省的望江段实施渡江作战，首先突破江防，粉碎国民党军的江防企图，进而分割消灭逃敌，占领苏南、皖南及浙江全省，彻底摧毁国民党反动统治的政治经济中心。

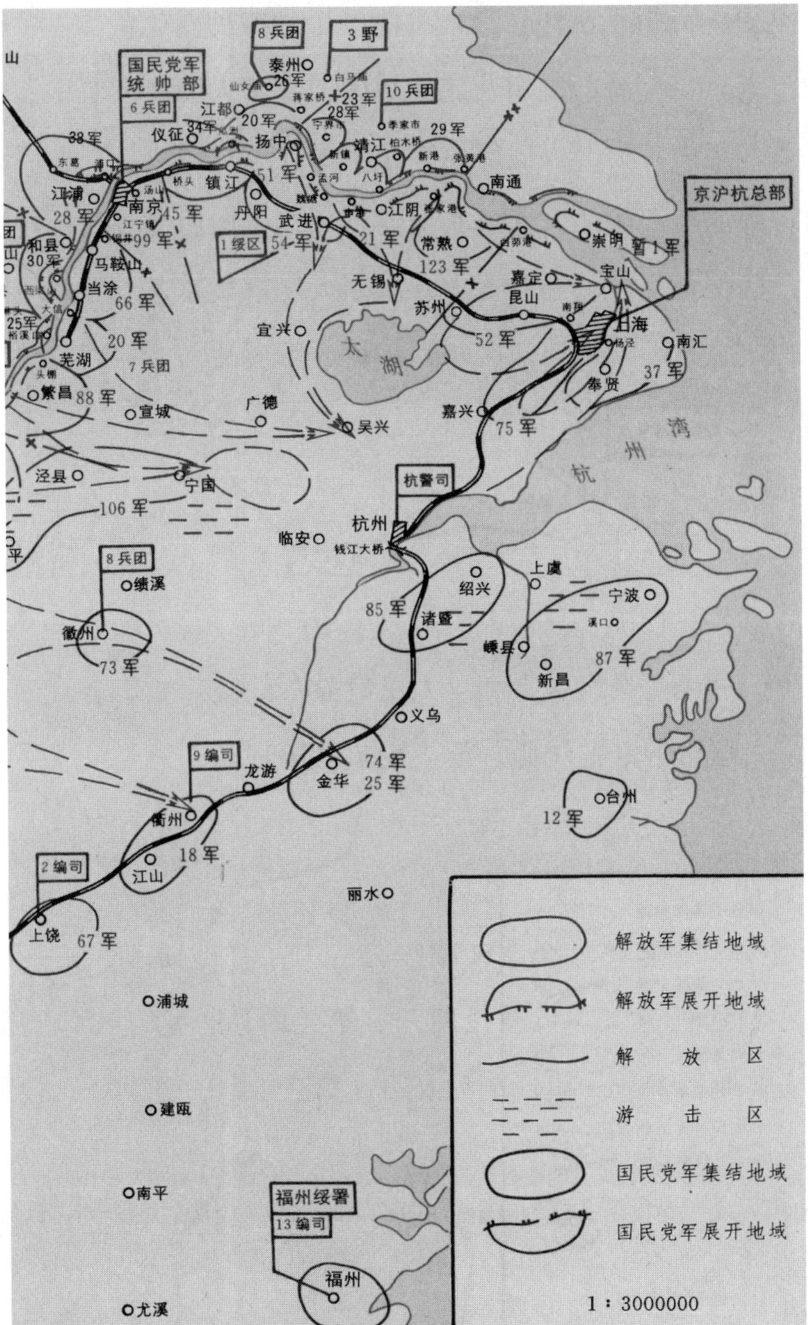

渡江战役前东线敌我态势及解放军基本决心图

《纲要》分析了渡江后敌情可能发生的四种变化：（一）收缩兵力于南京、上海、杭州及芜湖地区，割断人民解放军中、东集团联系，集中主力与人民解放军东集团在京沪线决战，而以芜湖以西各部退至浙赣线，保障其退路。（二）向后撤收，控制浙赣沿线，确保南京、芜湖两要点，割断人民解放军东、西两集团之联系，或在京沪杭三角地区与人民解放军决战，或在浙赣线上与人民解放军决战，或作战略撤退。（三）放弃沿江一线，主动退守浙赣线上和上海、杭州沿海地带，进行顽抗。（四）在退路被人民解放军切断，无法撤退时，分别固守南京、上海、杭州等要点。《纲要》指出，只要人民解放军渡江成功，无论敌军采取何种处置，战局都会发生有利于人民解放军的重大变化，并有可能造成敌人全部混乱的局面。但人民解放军部署，仍应以敌乘人民解放军东集团与中、西两集团相距尚远之际，集中兵力与人民解放军东集团决战之情况为出发点。

《纲要》预定将整个渡江战役分为三个作战阶段：第一阶段，达成渡江任务，实行战役展开；第二阶段，割裂和包围敌人，确实控制浙赣线一段，断敌退路；第三阶段，分别歼灭包围之敌，完成全战役。

依据《纲要》第一阶段渡江作战的任务与部署，人民解放军组成3个突击集团：

以第三野战军第8兵团指挥第20、第26、第34、第35军，第

10兵团指挥第23、第28、第29、第31军及苏北军区3个独立旅，共35万人组成东突击集团，由第三野战军副司令员兼第二副政治委员粟裕、参谋长张震指挥。该集团除以2个军于战役发起时攻占浦口、瓜洲等地钳制南京、镇江之敌外，6个军由张黄港至口岸段100公里正面上实施渡江，得手后，除留一部歼灭沿江残敌外，主力迅速向京沪铁路挺进，控制该路一段，有依托地向宜兴方面扩张战果，切断京杭公路，会同中集团聚歼南京、镇江地区之敌。

以第三野战军第7兵团指挥第21、第22、第24军，第9兵团指挥第25、第27、第30、第33军，共30万人组成中突击集团，由三野第一副政治委员谭震林指挥。该集团由裕溪口至枞阳镇段实施渡江，得手后，除以足够兵力寻歼沿江当面之敌外，主力迅速东进，截断京杭公路，与东集团会合，围歼南京、镇江地区之敌。

以第二野战军第3兵团指挥第10、第11、第12军，第4兵团指挥第13、第14、第15军，第5兵团指挥第16、第17、第18军，及地方部队共35万人组成西突击集团，由第二野战军司令员刘伯承、副政治委员张际春、参谋长李达指挥。该集团在枞阳镇至望江段，并以安庆东西地段为重点实施突破。任务区分：第3兵团由安庆以东至枞阳段渡江，挺进歙县截断徽杭公路，尔后沿公路东进；第5兵团在安庆以西至望江段渡江，尔后沿浮梁、婺源直出衢县，控制浙赣线，断敌退路；第4兵团于望江至马垱要塞间渡江，尔后沿江东下，接替第9兵团攻歼芜湖敌军的任务，并准备参加夺取南京的作战。

各部队渡江后，即派遣有力部队向两翼扩张，主动接应友邻登陆，密切协同作战。

军事是政治关系的延伸。为了配合国共和谈，渡江战役的发起时间一而再，再而三地被推迟。

早在2月，总前委《呈中央军委并华东局电——总前委会议对渡江作战问题讨论的意见》中，即认为：

> 以在3月半出动，3月底开始渡江作战为最好。因为，在政治上，以乘敌内部尚未求得一致，对军事部署尚在守沿江南岸和京、沪、杭诸点或将主力撤至浙赣路沿线两策之间徘徊的时候，实行渡江，较为有利，在季节上，4月初水小雨少，更便于作战。在准备工作上，确较仓促。只要前后方加紧努力，当可成行。[①]

3月17日，中央军委关于渡江日期等给三野的复示："渡江战斗之确定日期为4月10日。"

---

① 江苏省档案馆、安徽省档案馆编，《档案史料选编渡江战役》，档案出版社，1989年4月，第40页。

之所以选择这一时间渡江，主要基于两个考虑：其一，长江水位在四五月间开始上涨，特别是5月桃花汛期，涨势凶猛，风高浪急，对渡江作战甚为不利。且沿江各省多水网地带，不利于大兵团行动，长江水涨后困难更多。故择定于汛期前渡江。其二，仍然是为了配合和谈。

3月20日，军委再电示陈毅、谭震林并告第二野战军，指出，全军可于4月13日或14日开始渡江。

3月26日，陈毅、邓小平、谭震林报告军委，认为渡江作战的各项工作准备尚好，唯感发起时间不理想。因为4月13日正是阴历十六，月光通宵，我军第一梯队之突击队无法隐蔽，不能求得战术上的突然性。因此，“建议推迟至15日黄昏发起渡江。”

3月31日，总前委制定了《京沪杭战役实施纲要》，决定以第二、第三野战军组成东、中、西3个突击集团，于4月15日在江苏靖江至安徽望江段实施渡江作战，首先求歼汤恩伯集团，然后占领苏南、皖南及浙江全省，夺取南京、上海、杭州等城，彻底摧毁国民党反动政府的政治、经济中心。

4月3日，中央军委批准了《京沪杭战役实施纲要》。

由于国共和谈在即，4月10日，中央军委发来电报，指出和谈可能于15日左右签订正式协定，和平渡江的可能性增大，因此渡江时间将推迟半个月或一个月。同时还询问江水情形究竟如何，推迟渡江有何不利。

总前委认为，如情况许可最好不推迟原定时间，或在20日左右渡江为好，并提出“先打过江，然后争取和平接收”的建议。

4月11日，中央军委电复总前委并告二野、三野：“依谈判情况我军决定推迟一周渡江，由15日推迟至22日。”

遵照中央军委指示，各兵团、各军按重新确定的日期进行战斗准备，并规定各部在4月12日至16日不得发起任何战斗，以免过早暴露人民解放军攻击计划，给敌军以调整部署的时间。

4月12日，粟裕向军委和总前委建议，为渡江便利计，不要再推迟至22日以后，“以20日前后为最好。”

4月15日，和平协定草案最后修正稿本交付南京代表团，中央对南京方面是否愿意签字不持乐观态度，因此中央军委电告总前委及前线诸将：“谈判决定以4月20日为限期，该日以后我军即须渡江。”

4月16日，中央军委、毛泽东主席来电：“和平协定方案已在今日上午送达南京，如20日不签字则谈判宣告破裂。”电文强调“你们的立脚点应放在谈判破裂用战斗方法渡江上面，并保证于22日一举渡江成功”。

根据中央军委的要求，总前委遂于4月17日呈报了人民解放军全线渡江作战具体部署，中央军委、毛泽东主席于18日复电：

完全同意总前委的整个部署。即二野、三野各兵团于20

日开始攻击，22日实行总攻。一气打到底，完成渡江任务以后，再考虑略作停顿，采取第二步行动。请你们按此总计划坚决地彻底地执行之。①

总前委估计，东集团在渡江后可能遇到严重的战斗，因此决定中集团较东、西两集团提前一天渡江，以便能有力地支援东集团作战。

1949年2月9日，总前委在河南商丘召开总前委会议，第一次对渡江作战的时间、部署等问题进行了具体、深入而全面的研究。

会上，总前委书记邓小平提出，“预定的突破重点位置，拟在芜湖、安庆地段”②（即枞阳镇至裕溪口段），认为该地段的地理条件最利于突破，且皖南山区有游击队接应，所以想把全战役的突破重点放在该段。

会后，粟裕经过认真思考，却提出了不同观点。他认为，人民解放军渡江困难并不大，主要问题是渡江后必须抓住敌人，大量歼灭敌有生力量。要实现这一战役目的，应当把渡江战役的突

---

① 中央档案馆编，《中央军委对总前委关于渡江任务的整个部署的批示》，《中共中央文件选集第十八册（一九四九年一月至九月）》，中共中央党校出版社，1992年10月，第228页。

② 江苏省档案馆、安徽省档案馆编，《档案史料选编：渡江战役》，档案出版社，1989年4月，第41页；中共宣城市委党史研究室编著，《渡江战役史》，第73页。

破重点位置放在三江营至张黄港段。

三江营在今天扬州市江都区东，隔江与圌山相对。张黄港，即今靖江市焦港的入江口。

2月12日晚上，粟裕把司令部作战股股长秦叔瑾叫到作战室，一起起草三野作战方案。他与秦叔瑾谈了他的设想：

三野突破江防后，第一步包围歼灭南京、芜湖、镇江之国民党军，周密组织东集团4个军由三江营至张黄港段成功突破江防，切断京沪铁路，将汤恩伯集团截为两段，楔入京沪国民党军之间，使南京之国民党军无法逃往上海，这对协同中集团合围南京地区之国民党军至关重要，对整个战役的发展也极为有利。

粟裕认为，国民党军是不会轻易放弃南京的，只有在钳击攻势严重威胁之下才会撤离南京。其撤逃方向首选为利用京沪铁路逃往上海，如果东集团迅速切断京沪铁路，国民党军会沿京杭国道向杭州方向逃跑。如此，据反复测算，人民解放军争取先期到达或与国民党军同时到达长兴、广德地区的可能性是存在的；如果东集团战斗进行顺利，向宜兴、溧阳方向挺进，切断京杭国道，也可能先于中集团，使得南京之国民党军同时失去逃往上海、杭州的机会，并只能陷于包围而坐以待毙。①

2月19日，三野前委在贾汪再次召开作战会议，出席对象

① 中共宣城市委党史研究室编著,《渡江战役史》，第100页。

叶飞题“东线第一帆”

为各军军以上首长，粟裕提出自己的意见，得到普遍赞同。这样，整个渡江战役的突破重点最终确定放在江苏境内的三江营与张黄港之间，其主要江段位于今天的靖江市。

靖江，位于长江下游北岸，与江阴隔江相对，东临如皋，北倚泰兴。本为长江中的沙洲，古称阴沙、马驮沙。明朝天启年间，北大江壅塞，始与北岸接壤。

据传，三国时，吴大帝孙权曾在此牧马。南宋建炎四年（1130年），抗金英雄岳飞知泰州，退兵柴墟（今高港区口岸镇），渡江淮难民于阴沙。

元朝末年，朱元璋与张士诚曾在此鏖战。朱元璋的水师屯驻江阴，在水军元帅康茂才的指挥下，用鸟翼阵一举攻破马驮沙上张士诚部朱定、徐泰二的水寨。从此，张士诚失去了南北往来的跳板，走上穷途末路。

明成化七年（1741年），靖江建县，隶常州府。

进入民国之后，靖江先属第8行政督察区（首县泰县，治今天泰州市海陵区），后属南通区（治南通县，今南通市崇川区）。

1940年8月，中国共产党领导下的靖江县抗日民主政府成立，隶属通如靖泰临时委员会。此后，随着斗争形势的变化，隶属关系时有变动。

1947年8月，为适应解放战争的需要，中共苏中一地委和苏皖边区一专署决定，将靖江县与泰兴县路南（即泰兴与黄桥公路以南）的广陵、曲霞、蒋华3个区合并，成立靖泰县。下设西来、长安、柏木、孤山、侯河、东兴、太和、广陵、曲霞、蒋华等10个区，169个乡，1366个村。

1949年5月，靖泰县撤销，恢复靖江县建制，其广陵、曲霞、蒋华3个区仍划归泰兴县。将泰兴县属季市镇、如皋县属西来镇划归靖江县（渡江战役期间，靖江还是叫靖泰县，本书为了保证叙述的一致性，如非必要，一般仍称靖江县）。

中华人民共和国成立后，靖江先后隶属泰州、扬州专区。

1993年7月，经国务院批准，靖江县撤县设市。

1996年7月19日，地级泰州市设立，靖江改由泰州市代管至今。

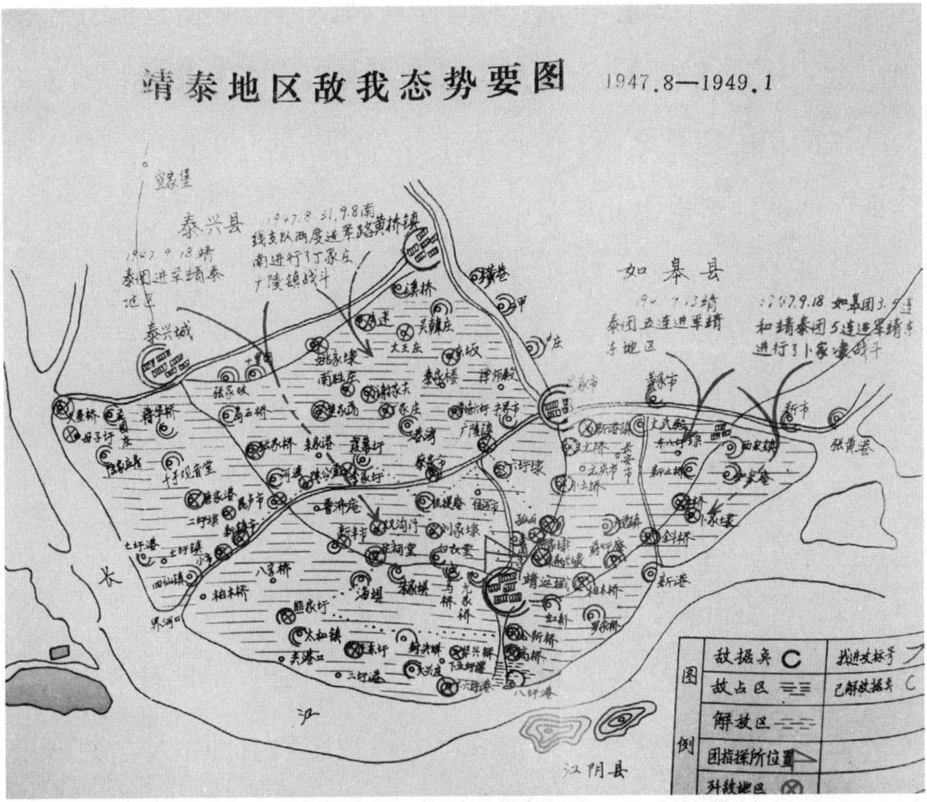

靖泰地区敌我态势要图 1947.8—1949.1

截至2016年，靖江市域面积凡665平方千米，人口68.69万。

历史上，靖江曾经处于江尾海头，江面宽阔，地理位置显要。明代之后，长江入海口东移，但是靖江与江阴之间的江面仍有10余公里宽。

清朝嘉庆、道光年间，刘闻沙从靖江西部至南部的江中涨出。这一次沙涨规模巨大，增加土地25.2万余亩，几乎相当于今天靖江面积的四分之一，并形成了今天靖江的沙上地区。今天靖江扇面似的地形也由此奠定。

这次沙涨拉近了靖江与江阴之间的距离。道光二十二年（1842年）岁末，两江总督耆英在写给道光皇帝的奏折中称，靖江与江阴之间，“江面至此一束，宽仅八九里，实为长江最要内户”[①]。其最狭处在江阴鹅鼻嘴与靖江炮台圩之间，宽仅有1500米，今天的江阴长江大桥即修于此处。由此再向下至长江入海口，江面豁然开阔，形成一个巨大的喇叭口。

粟裕把靖江与江阴之间作为重点突破地段，正是看中了这里江面狭窄，易于突破，由此楔入，即可近距离直插金坛、宜兴、吴兴地区，切断在南京、镇江之敌退往上海及杭州的通路。

但是，有利就有弊，从这里突破面临一个最大的问题，就是江对面有国民党经营多年的江阴要塞炮台。

---

① 中国第一历史档案馆编，《两江总督耆英等奏报查明长江大略情形并设法筹防折》，《鸦片战争档案史料六》，天津古籍出版社，1992年12月，第721页。

江阴要塞就矗立在喇叭口的顶部，既能控制着由海入江的要害，又能沟通南北交通。这里有君山、肖山、长山、黄山等诸山，其中尤以黄山景色秀丽，地势险峻，逶迤数里，雄伟壮观。

江阴黄山因地势险要，历史上是重要的国防前沿阵地。相传，三国时孙权曾在此建烽火台，驻扎重兵把守江防。宋代名将韩世忠曾在古炮台指挥，抗击敌人。明代戚继光也曾在这里领导过抗倭战斗。清康熙二年（1663年），开始营建江阴要塞，筑有土炮台。辛亥革命后的1912年，孙中山由南京乘“联鲸”号军舰来到江阴视察，并命令将土炮台改成了洋炮台。

1937年“八一三”上海淞沪抗战爆发后，中日海空军在江阴—靖江江面展开了3个月的海空大战，要塞炮台发挥了很大的威力。12月2日，江阴要塞弃守时，在弹药射完后，将火炮工事销毁，并将部分新型重炮、小炮拆除运往江北。1939年9月，陈毅同志率部北上，路过江阴要塞时，感慨赋诗，有“江阴天堑望无涯，废垒犹存散似沙”句。

抗战胜利后，江阴要塞于1946年重建，重修炮台，成立炮台总队，担负着从张家港至黄田港60里的江防。

这时江阴要塞的火力配备和防务情况是：炮兵总台，配备口径100毫米加农炮和100毫米榷弹炮各12门，三七战防炮16门，二五机关炮2门，共计42门，士兵1000余人，相当于一个重炮团；游动炮团，约3000人，下设3个营，配备五七战防炮36门；重炮中，有德制克虏伯18式150榷弹炮，射程13250米；德制莱因18式150榴弹炮，射程15100米；德制（仿瑞士的）博福斯式加农炮，射程22000米；美制伯斯列恒式155加农炮，射程22860米。以上重炮的射速为每分钟3至5发。57战防炮（美制）射程9930米，射速每分钟10发。这些火炮，是当时世界上最大口径的先进兵器。江阴要塞配置近100门火炮，比国民党一个集团军的火力还多还猛烈。控制江阴东西25公里狭窄的江面和河汊，可以达到严密封锁的火力密度。步兵轻、重火器，打击千米左右江面上的船只可以说是完全有效的。另外还有守备总队，下设三个大队，约3000人，相当于一个加强步兵团；工兵营约200人。总兵力约7000余人，相当于一个师的建制。

除此之外，国民党在江阴经营多年，山顶有炮台，山腰有堑壕，山脚有地堡群，港口有木桩铁丝网，江面有舰船，逐步建成一个完整的防御体系。

在要塞之外，左翼驻有王克俊的21军、顾锡九的123军，右翼有阙汉骞的54军驻丹阳，在扬中段还驻有王秉钺的51军。这样彼此呼应，互为犄角。

江阴要塞的司令叫戴戎光，1948年6月到任。

戴戎光履新前，蒋介石在官邸亲自召见了他，进行就职前的谈话，对江阴要塞的整个防务作了严格训示。

国民党对江阴要塞十分重视，把它作为长江防线的重点之一，倚为南京、上海的可靠屏障。1949年初，国民党重要军事将领接二连三地到江阴要塞视察。

1月13日，第一绥靖区司令丁治磐带省保安司令杨宗鼎、副司令单洪培等视察黄山炮台。

1月19日，京沪杭警备总司令汤恩伯也赶到江阴要塞视察，并召集要塞将领训话。

4月初，汤恩伯偕同123军军长顾锡九秘密赶到江阴要塞司令部，并召集21军军长王克俊和要塞司令戴戎光及要塞的几个团长一起开会，布置加强防务。汤还专门向戴戎光交代："要迅速征用大木船，装上石头，把北岸大小港口用沉船堵死，越快越好。"

4月17日，美军顾问团头目带了一个上校和两个上尉军官，由国民党副总长李延年陪同，到江阴要塞视察炮台，并与戴戎光在作战室内单独进行密谈。

据说，丁治磐在视察江阴要塞后，曾自信满满地说："长江天险，并有坚固的江阴要塞，共军要想强渡长江，只有葬身鱼腹，步孙传芳失败之后尘。"

国民党国防部也吹嘘说："江阴防线是立体防线，共军插翅也难以过江。"

由于天然屏障和海空军力量的绝对优势，蒋介石方高级军事决策者都认为人民解放军渡江的突击地段在镇江南京之间，江阴及以东地区，强渡可能性不大。

江阴要塞除了在江南一带有严密的布防外，在江北靖江八圩港还设有桥头堡。驻有王克俊的21军145师一部。

21军于1948年12月底奉命由苏北如皋、南通等地撤退到江南的江阴一带任江防守备，受京沪杭警备总司令汤恩伯的指挥。根据江防部署，145师434团（团长林云谷）及435团（团长何聘儒）两个营占领靖江八圩港桥头堡阵地，固守桥头堡，掩护江阴要塞，巩固江防。433团（团长张劲竹）在黄山要塞以东长山及江心洲设防，掩护要塞侧翼。

1949年1月3日，145师一部到达八圩港，拟订了防御计划：以435团为左翼守备队，434团为右翼守备队，师特务营为师预备队，师部驻八圩镇。各守备队进入阵地后，立即构筑半永久性的工事，在阵地前沿附近拆迁了部分民房，以扫清射界。为了取得要塞炮兵火力的支援，与要塞司令部协商，会同拟订了步炮协同作战计划，并绘制了火网图。以后在防御战演习中，要塞炮兵进行了试射，协同效果良好，感到十分满意。

八圩港桥头堡的守备，除江阴要塞火力支援外，在附近江面，还时有海军舰艇游弋巡逻，一旦桥头堡阵地遭到攻击，可以及时得到海军的配合作战。另外师部在八圩港控制有机帆船20余艘，供机动调遣。

4月初，汤恩伯派遣高级参谋人员及美军顾问到八圩港视察，询问了守备部署及与要塞协同作战等情况，并视察了阵地工事，称赞工事坚牢，兵力雄厚（两个团防御正面不到2000米），步炮协同作战计划周密，火力集中，可以固守。

面对这样区位优越、配置合理、炮火强大的江阴要塞，如果强行突破，即便能够成功，也会造成重大伤亡。幸亏，中国共产党很早就开始了对江阴要塞的策反工作，并取得重要突破。

抗战胜利之初，解放军曾有向南夺取京沪线的设想，当时就调查过中国共产党政军干部中谁在江阴炮台驻军中有亲友关系。由于“左”的影响，当时没有人敢说与敌军有这种社会关系，调查未果。

1946年春夏之交，中共苏北区党委决定开展江阴要塞的工作，就想方设法找那里的关系。这时，盐阜区华中5地委组织部部长唐君照主动向苏北区党委书记曹荻秋报告，说他的两个弟弟唐秉琳、唐秉煜在国民党军队任职，因不满国民党的反动政策，来信表示希望投奔光明。曹荻秋认为可以利用这个关系为中共工作，指示唐君照复信，“要他们等待”，并暗示将派人和他们联系。①

① 中国人民解放军历史资料丛书编审委员会编，《解放战争时期国民党军起义投诚沪苏皖浙赣闽地区》，管文蔚篇《忆江阴要塞的策反工作》，解放军出版社，1994年6月，第637页。

1947年春，华中五地委通过中共建阳县委派上冈区区委委员、副区长唐坚华（唐秉琳的堂侄）到上海，和唐秉琳取得了联系。这时唐秉琳已调任国民党军队江阴要塞上校参谋处长。唐坚华按照组织上的指示，要唐秉琳他们留在白区，“深入国民党部队抓实力”。尔后唐秉琳把和唐坚华见面的情况告诉了唐秉煜——唐秉煜时在国民党国防部三厅任上尉参谋，分管要塞业务，还告诉了在国防部一厅任上校参谋的吴广文（唐秉琳的姨表兄）。

7月，中共党员、唐秉琳的堂兄唐仲衡受命，化装成落难地主带着家属从靖江八圩港南渡，到江阴城高巷11号安家落户，设立了地下联络站，目标直指江阴要塞。

秋，人民解放军转入了战略进攻，全国形势发生了根本变化。为了统一和加强华中党政军的领导，中共中央于1947年9月12日决定组建中共华中工作委员会（简称“华中工委”）。为了加强对国民党军队的策反工作，并为将来渡江作战做好准备，华中工委决定把江阴要塞列为策反工作的一个重点。

经过一段时间的了解考察，1947年11月，由华中工委常委、华东野战军苏北指挥所（即苏北兵团）司令员管文蔚代表组织正式批准唐秉琳、唐秉煜、吴广文等3人为地下特别党员。从此，江阴要塞内有了中共地下党员。

唐秉琳等入党后，即根据“要抓实力”的指示，在要塞内部开展工作。根据华中工委“要在可靠的人中间做工作”的指示，唐秉琳等采取联络感情、帮助解决困难等办法，把那些遭到排挤、对国民党统治不满的中下层军官团结在自己周围。人民解放军渡江前，江阴要塞包括炮兵总台、守备总队、游动炮团这三支要塞武装力量的实权，基本上都被唐秉琳、吴广文、王德容等地下特别党员所控制。要塞司令戴戎光被架空。这就为江阴要塞成功举行起义创造了条件。

1948年5月，为了加强苏南工作的领导，迎接大军南下，中共华中工委成立了江南工作委员会，除了抓其他各项工作，特别抓了江阴要塞的地下党工作。

随着渡江准备工作的不断深入，中国共产党对江阴要塞的控制力度也在不断地加强。1949年3月，江阴要塞的策反工作由华中工委移交给了三野10兵团直接掌握。华东局社会部情报科长王征明奉命打入江阴要塞负责整个策反工作，又从29军选派了李干、徐以逊、陆德荣、王刚等4位团、营级干部协助工作。5个人秘密来到位于江北的靖江新港刘家埭，住在当地的一位开明“地主”家里，进行了为期约一周的集训。随后，李干、徐以逊、陆德荣、王刚等4位同志先由长江工委派交通员护送到江阴，打入要塞内部，分别以“卫士”“勤务兵”等身份为掩护，被安插在炮兵总台、游动炮团和守备总队里工作。

3月中旬的一天，10兵团司令员叶飞派车把王征明接到兵团

策划发动江阴要塞起义的解放军和地下党骨干合影

部，与韦国清政委一起听取他的汇报，向他交代要塞地下党的任务是："保持60里防区，控制3至4个港口，不开枪，不打炮，迎接我军登陆。"叶飞和韦国清强调说，达成此项任务，就是渡江的第一功。

4月15日叶飞司令员给王征明写了一封亲笔信：

征明同志：

来信收到。我军行动已推迟到本月20日以后，可告吴铭。因此，你暂不必南去，再等三四天后去更好。同意吴铭来信所规定的联络信号，信号是要在行动的时候采用，以免暴露。请告吴铭他们，不要心急，不要松懈，按我们前天所谈的告诉他去做。保持交通关系最要紧，但在这几天内，如无特殊情况，交通不要太频繁，可适当减少一些。

此致

布礼！

叶飞

1949.4.15

4月18日晚，王征明在中共长江工委交通员的护送下到了江南，也打入了江阴要塞。翌日午后，王征明召集要塞地下党员，传达了三野10兵团首长的命令并做了具体分工。会后，要塞地下党积极行动起来，准备迎接大军渡江。[1]

---

① 参见叶飞《叶飞回忆录》上册，解放军出版社，2014年4月，第375页。

二　三军云集

解放战争战略进攻序幕揭开后，中央曾对华野渡江作战有过几次计划。

第一次是1947年7月23日，当刘邓大军挺进鲁西南之时，军委提出“叶、陶两纵队（指华野第1、第4纵队）出闽浙赣，创造闽浙赣根据地”的设想，并要两广纵队随同南下。后来，刘邓大军决定提前进入大别山，华野第1、第3、第4、第8、第10纵队转入鲁西南，为保障刘邓大军南下，需在鲁西南设重兵钳制敌人，中央军委遂放弃了分散南进的计划。

第二次是1948年1月27日，中央军委电示粟裕，命其率第1、第4、第6纵队组成一个兵团，渡江南下，在南方数省执行宽大机动任务。粟裕经过深思后认为，要打大歼灭战，3个纵队过江是不可能办到的。而在中原战场黄淮地区，背靠大后方，人力物力补给比较方便，目前中野、华野共10个纵队，是有条件打大规模歼灭战的，因此不宜分兵。粟裕将此意见上报中央军委。5月初，中央同意了粟裕的建议。9月中央会议又决定，解放战争第三年仍然全部在长江以北作战，这样就又一次推迟了渡江时间。

第三次是1948年10月11日，中央军委改变了“冬春夺取徐州”的计划，提出：淮海战役（当时，战役目的仅是歼灭黄百韬和海州、两淮地区之敌）结束后，估计此时“邱李两兵团固守徐蚌一线及其周围，使我难于歼击”，华野“仍应分为东西两兵团，以大约5个纵队组成东兵团，在苏北、苏中作战，以其余主力为西兵团，出豫皖两省，协同刘邓攻取菏泽、开封、郑州、确山、信阳、南阳、淮河流域及大别山各城”，并指示1949年1月休整，2月西兵团转移至中原，3月至7月协同刘邓开始上述作战，“秋季你们主力大约可以举行渡江作战”。

第四次是1948年12月12日，毛泽东致电淮海战役总前委，谈了他的初步设想：淮海战役结束后，中原、华东野战军休整两个月，然后完成渡江准备工作，约在1949年5月或6月举行渡江作战。华东野战军、中原野战军协力经营东南，夺取并控制南京、上海、杭州、福州等大城市。根据毛泽东的指示，17日总前委在萧县开会后，刘伯承、陈毅立即北上向中央军委汇报。[1]

应该说，中共中央关于渡江作战的计划由来已久，随着国内国际形势，以及战局的变化在不断地调整。到了1949年初，酝酿已久的渡江计划就像一个宁馨儿终于孕育成熟，只待呱呱落地了。

1949年1月6日，中共中央在西柏坡召开政治局会议，讨论并通过了毛泽东起草的《目前形势和党在1949年的任务》的决议。决议指出：

中国阶级力量的对比已经起了根本的变化，我们已经完全有把握地在全国范围内战胜国民党。决议要求“平津、淮海、太

① 参见粟裕《渡江计划的演变》,《粟裕回忆录》,解放军出版社,2007年8月,第476页。

原、大同诸役以后，几个大的野战军必须休整至少两个月，完成渡江南进的诸项准备工作”。

渡江战役被党中央正式提到了重要的议事日程。

解放军的渡江准备从1948年初就开始了。

1948年1月，中央军委命令粟裕率第1、第4、第6纵队渡江南进，执行宽大机动任务，最后在粟裕的建议下，放弃了这一计划。但是，未雨绸缪，粟裕先派了一个加强营，带了40挺轻机枪和全营武装，还带了200余名干部前往皖南。中原局还派出一批干部到皖江地区和含山、和县、巢湖地区工作。此后，华野又派出10个营，组成以孙仲德为司令，谭启龙为政委的先遣纵队，并随带部分地方干部南下在江边开展工作。

先遣纵队在江边广泛发动群众，进行调查研究，对长江渡口、水文以及相连的湖河港汊做了详细的调查，绘制了地图。粟裕还请东北代为购置了一些引擎，将民船改成汽船。这些前期工作，对后来大军渡江起了重要的作用。

9月，中共华中工委第一地委成立长江工作委员会，将靖江、如皋、泰兴三县领导的长江工委机构与人员并入，俞迺章任书记，委员王正、谭仁甫。下设7个工作组，分别为西来、柏木、东兴、太和、泰兴七圩、泰兴口岸、如皋二案。其任务是发动组织船员掌握南岸敌情，开展水上交通，为大军南渡做准备。

1949年2月20日，10兵团第29军军部侦察队到达靖江。侦察部队由便衣侦察、武装侦察和骑兵100多人组成。他们根据任务的要求进行各项侦察工作。首先是弄清和熟悉八圩港以东到新港一带的沿江地形、河道、桥梁的情况。其次是摸索掌握江水变化情况，包括涨潮、平潮、落潮的变化规律，以及风向变化的情况。第三项工作是侦察江阴地区以东的敌情，包括兵力、火炮、岗哨、工事，以及纵深地区的敌情。这些准备工作为渡江作战提供了必要的条件。

3月23日，三野指挥机关按照预定部署，转移至蚌埠孙家圩子。28日，粟裕结束在山东济南的休养，返回野司指挥部。参谋长张震向他汇报了整个部队的作战部署。粟裕认为，本次战役的突破点在东集团渡江的区域。为了加强东集团的领导，三野直属机关应该尽快东移至华中一分区。

4月1日，春雨霏霏，粟裕与张震率三野机关自安徽蚌埠开拔，于4日夜到达华中一分区的所在地泰州，指挥部设在泰州东南15里的白马庙。

华中一分区是1945年9月抗日战争胜利后，由原苏中第三、第四行政区合并而成。1946年8月，华中一分区又拆分为一分区和九分区。一分区即泰州行政区，辖东台、台北、海安、如皋、靖江、泰兴、泰县、泰州等7县1市，人口近450万。

华中一分区有长达100公里的江岸线，从张黄港至江都嘶马镇。在这一地段，粟裕从西至东部署了三野第8、第10两个兵团6个军以及苏北军区3个独立旅。其中他的王牌劲旅——叶飞的第10兵团被部署在本次渡江战役发起的最东端——靖江，当时叫靖泰县。

为了更好地实现战略意图，粟裕又对东、中两集团的4个军的部署进行了优化配置，原属中集团的第23军、第20军因为熟悉苏中、苏南情况，由中集团的第7、第9兵团调归东集团，而原属东集团的第10兵团的第24军、第8兵团的第25军因为熟悉苏浙地区和皖南情况，被调归中集团第7、第9兵团。

1949年初春的江北原野，温馨而又美丽，绿芽绽满枝头，桃花含苞欲放，碧油油的田野充满无限的生机和活力。

在这样明媚的春光背后，却隐藏着风云激荡。从2月下旬开始，解放军渡江部队陆续开往长江北岸，先后到达预定作战位置，开展渡江前紧张的准备工作。

靖江地段从东至西各渡江部队部署情况如下：

第29军，军长胡炳云，政委张藩，下辖第85师、第86师、第87师，全军33000人。2月下旬，29军奉命由淮宝地区开赴长江北岸，经过10天的行军，于3月10日到达如皋、靖江地区。渡江区域是靖江的罗家桥至新港一线。

准备渡江作战的部队集结待命

第29军渡江作战的任务是，由东自张黄港、西至八圩港（不含）择点南渡，首先抢占江阴以东的长山、张家港，并向两侧发展，建立滩头阵地，攻占江阴要塞，主力迅速向前发展，占领云亭、峭岐诸要点，坚决迎击来援之敌。尔后沿锡（无锡）澄（江阴）公路向南推进，相机夺取青阳，阻击可能由无锡、常熟方向来援之敌。

第28军，军长朱绍清，政委陈美藻，下辖第82师、第83师、第84师，全军54725人。2月底，第28军南进至海安县曲塘镇一带，全力进行战前训练。4月9日，各一线突击部队进至靖城、广陵、生祠一带，进行实地演习。第28军的渡江区域是靖江的上四圩港至下四圩港一带。

第28军的渡江作战任务是，加强与第31军92师及特纵炮兵第5团、第6团3营和高机分队，自八圩港至头圩港之间南渡，于江阴以西之申港、夏港之间登陆突破，歼灭当面守敌第21军，建立滩头阵地，掩护后续部队渡江，而后迅速向敌纵深发展进攻，夺取舜过山、新安镇、焦溪镇等地，左与29军，右与23军打通联系，前出切断京沪铁路，攻占并控制武进、戚墅堰等重镇及铁路两侧地区，而后继续向南挺进。

第23军，军长陶勇，政委卢胜，辖第67师、第68师、第69师，全军35000人。2月18日，第23军结束休整，从山东南下，经淮安到泰州东南集结待命。3月11日，全部到达泰兴地区集结。

渡江区域从靖泰县蒋华区的七圩（今属泰兴市）至靖江的四墩子、夹港一带。

第23军前身是新四军苏浙军区第3纵，多是苏中子弟兵，抗战时期就在这一带的江南、江北活动，曾数次渡过长江，对本地区的民情与地形十分熟悉。

第23军部署在28军的右翼，它的渡江作战任务是，由夹港与七圩港段渡江，突破圩塘镇至利港段的敌人江防，并迅速夺取璜土镇及其东南地区，与左邻第28军取得联系，准备击退来犯之敌；尔后以主力向夏墅、孟河攻击前进，接应第8兵团第20军南渡，并切断京沪铁路。

此外，还有作为渡江第二梯队的第31军。

第31军，军长周志坚，政委陈华堂，下辖第91师、第92师、第93师，全军32000人。第31军是本次渡江的兵团预备队，2月下旬奉命南移至海安曲塘一带，尔后再次南移至黄桥一带。

第31军最初的作战任务是“以31军4个团，攻歼八圩港之敌”[①]。对于一个主力部队来说，这个任务颇有些杀鸡用牛刀之嫌，后来这个任务转交给了华东军区警八旅。

直至渡江前夕的1949年4月8日，粟裕给第31军下达了新的作战任务，“31军主力（或全部），尾29军之后（或从29军之开

① 1949年3月17日，陈、粟、谭、张《给第三野战军各兵团、华中工委、安徽省委并报中央军委电——关于渡江作战部署》。

进同时南渡）渡江，应以一个师伪装江阴要塞步兵总队番号，或其他手段，以最大努力，猛扑江阴，攻占该城。得手后，除将城防待交警六旅接替（如21军主力退集江阴，我强攻不得手时，即由警六旅监视之），主力则于晚（16日晚）集结璜土镇地区待命。”①

由此，靖江52公里的长江岸线，宛如一张拉开的弓弦，各渡江部队就像已经上弦的利箭，直指南岸，引弓待发。

第10兵团司令是叶飞，福建南安人，出生于菲律宾，是三野著名的悍将，向以骁勇善战著称。1948年10月，叶飞因为患有严重的黑热病，经组织批准，一直在济南治疗、休养。没能参加淮海战役，他一直引以为憾。1949年2月中旬，叶飞病愈不久，就接到了野司第10兵团司令员的任命，再次披上战袍。

第10兵团的指挥部先驻姜堰，4月8日南移至靖江与泰兴之交的季家市（今靖江市季市镇）。

对苏中地区，叶飞一点也不陌生。抗战期间，他曾长期在这一带作战。当年在陈毅的领导下，叶飞曾在这里参与组织指挥了黄桥、车桥战役，还一度曾接替粟裕，兼任过苏中区党委书记。

叶飞对靖江是有一种特殊情感的。在转战苏中地区期间，

① 粟裕、张震，《关于第三野战军第8、第10兵团准备渡江作战部署电》，江苏省档案馆、安徽省档案馆编，《档案史料选编 渡江战役》，档案出版社，1989年4月，第74页。

他曾多次莅临靖江。

1942年6月，叶飞时任苏中三分区军政党委员会书记，曾到靖江检查工作，在侯河市（今属马桥镇）东面的八圩埭召开县委会议上，叶飞指出，靖江是“大江南北之跳板”和“苏中的门户”，战略地位十分重要，靖江的干部应坚持原地斗争，守好苏中地区的门户。

1943年4月，叶飞在靖江长安区弯腰沟（今属季市镇）附近的唐家埭召开靖江、如皋、泰兴、泰县等4县独立团负责人联席会议，布置靖新公路对伪十九师陈正才部的伏击战。

1943年初，叶飞的爱人王于耕时任苏中三地委青委副书记，曾在靖江孤山的惜阴中学担任历史、地理老师，借以掩护其革命工作。①

1945年4月7日，他率领苏中军区第一师教导旅和300人的地方干部，从丹阳和靖江地区，分两路南下浙江长兴，与粟裕会合，发起了天目山战役。叶飞率其中的一路人马从靖江南渡。生祠镇红英村的文昌宫，就是他当年经过时的临时指挥部。

叶飞离开苏中后，靖江的革命斗争形势一波三折。

1945年8月26日，靖城第一次解放。

---

① 参见江苏省教育科学研究所老解放区教育史编写组编，《华中苏皖边区教育资料选编二》，王于耕篇《我在江苏省靖江县做青年工作的回忆》，第97页。

1946年元旦，国民党49军79师一部占领靖城。靖城也成为苏中南线最早被国民党军队占领的县城。由此，靖江进入了一个血雨腥风的时期。

1947年8月，解放战争进入战略进攻阶段，苏中第一军分区武装部队开始向靖泰地区进军。中共苏中一地委和苏皖边区一专署决定，成立靖泰县。9月，县委书记兼独立团政委汪青辰率独立团进军南线。

1949年1月28日，靖江城守敌230师690团仓皇南逃，靖江县独立团跟踪追击，并攻克了公所桥据点。至此，除八圩港口尚为敌占领，靖江全部解放。29日，中共靖江县委举行入城仪式。

县委书记汪青辰（1916—1991），靖江县毗卢乡（今属生祠镇）人，1939年参加革命，历任中共泰兴工委靖泰边区宣传委员、泰县县委宣传部部长、靖江县委副书记等职。1947年8月任中共靖泰县委书记兼独立团政委。

县长薛先洛（1916—2014），靖江县三元乡（今属生祠镇东进村）人，吴江师范学校毕业，1940年秋参加革命，先后任区长、区委书记、民运部长、城市工作部部长。靖泰县建立后，代理县长。1948年10月任县长。

这两位同庚的靖江人，长期在靖江工作与战斗，从抗日战争到解放战争，与靖江人民风雨同舟，生死与共，有口皆碑。在1949年渡江战役的峥嵘岁月里，正是在他们二人的率领下，靖江民众万众一心，不折不扣地完成了各项支前工作。

刚刚解放的靖江千疮百孔，百废待兴。八圩残敌不时北来骚扰，敌机时常在上空盘旋，投弹轰炸。潜伏下来的特务摸哨、打黑枪、放谣言，制造人心恐慌。由于多年遭受战争的蹂躏，靖江县的物力、财力都极度困难，人民生活极端困苦，各项社会秩序亟待重建。

靖江县委、县政府一面肃奸反特，一面发放粮食，组织春救，并初步建立了行政机构，稳定了社会秩序。同时，根据华中一地委、一专区的布置，逐渐把主要精力投入到轰轰烈烈的渡江支前工作中。为此，靖江县委连续开了4次县委扩大会议，专门讨论与研究支前工作。汪青辰在县委扩大会议上慷慨陈词：就是豁出命来也要完成大军渡江的支前任务！

靖江是一座有着光荣的拥军传统的城市。

1927年春，国民革命军挺进靖江，靖江人民欢迎北伐军，支持北伐战争。

1928年，江阴农民暴动失败，红军游击队转移到靖江，国民党靖江县政府加紧搜捕，在人民群众的掩护下，红军游击队与敌周旋，后顺利撤回江南。

1929年底1930年初，如皋红14军先后3次焚烧靖江长安市（今属季市镇）地主反动武装的房屋、炮楼，长安市附近的百姓

解放区人民群众组成的担架队，随解放军南下，支持渡江

纷纷参加，分取了据点地主、大户的财产。

1940年9月，黄桥战役打响，靖江民众组织担架队支援。黄桥战役胜利后，又送去了大批猪肉、鸡鸭、鸡蛋、军鞋等慰劳新四军。

1941年9月，江渭清率领新四军6师18旅来靖，驻在礼士桥、姚家大圩、蒋家埭一带。谭震林率6师另一部驻在侯河市东八圩埭一带。他们在靖期间，靖江人民热情支持，提供全部给养。

1947年9月，靖江独立团大进军后，翻身农民夺回了土改后被反动地主复辟的土地，农民群众参军热情空前高涨。自1947年9月至1949年4月，靖江县参军达8080人，有力地支援了人民解放战争。

1948年6至7月，华中支前司令部要求靖江县委组织第一期常备民工，支援济南战役。在党的领导下，在“一切为了前线，一切为了胜利”的口号感召下，靖江县人民把参加支前当作自己应尽的义务，党员、干部积极带头，人民群众踊跃参加。县委动员了600多名民工，组成了第一期常备民工团开赴前线。9月，县委又动员了由439人参加的第二期常备民工团，开赴淮海战场。这两期民工在济南战役和淮海战役中，为部队抢救伤员，运送弹药，身临火线，临危不惧。在沭河战斗中，西来区民工刘长庆带领3名民工，冒着炮火和硝烟，抢救伤员，被评为一等功臣。在这两期民工中，有8人先后在战场上英勇牺牲，为淮海战役的胜利献出了宝贵的生命。

为了加强华中地区渡江支前工作的领导，1949年2月13日，由华中支前司令部、第三野战军第10兵团和华中第一、第二、第九分区联合组成“渡江准备委员会”。

2月24日，靖江县委召开全县大支前运动动员会，宣布成立“大军南下支前总队部”，总队长由县长薛先洛兼任，政委由县委书记汪青辰兼任。下设5个大队。支前工作直属渡江准备委员会领导。

会上，汪青辰要求全县干部深化四点认识：

一、此次大军渡江是解放全中国，消灭反动派，粉碎蒋介石的和平阴谋，使中国革命彻底成功的伟大的军事行动；

二、大军南下是长江以北的广大解放区与所有的城市更大的巩固，更巨大规模地走上建设；

三、从军事行动上说，这是个大的军事组织工作，这条战线西至武汉，东至海启，几千里长，是历史上从来没有的。过去赤壁之战曹操想打过长江，最后也没有打过去，也只有共产党有这样大的军事行动和组织工作；

四、此次大支前是人力财力的大政治动员，人民力量大集中、大表现与大组织，也是共产党领导下的人民力量大发挥，同样也是靖江党的力量雄厚的大考验。

薛先洛在发言时要求各区乡开好两个会：一是乡支部会，要求讲清胜利形势的发展和目前任务；二是开好区扩会，作形势报告、作任务报告。

为了迎接空前规模的支前任务，靖江成立了“耕战动员委员会”。设正副主任，下辖支前、生代（生产代耕）、宣传、慰问、治安等5个委员会。各个委员会的职责如下：

支前委，负责运粮草、修路造桥、支配小后勤；

生代委，领导生产代耕，制订生产计划，解决春荒；

宣传委，表扬、记功、通讯、写标语；

慰问委，做针线，慰问军属；

治安委，保护粮草站，保护公路桥梁，管理枪支，整顿民兵。

其中的“生代委员会”是支前总队里的重要组织。所谓生产代耕就是在土改的基础上对农村土地进行集中生产与统筹管理，帮助群众解决生产上的困难和矛盾，确保农业稳产。代耕的对象是老弱病残家庭、应征入伍、出征民工或者没有劳动力的家庭，以及村里无主抛荒地。县里派出“生代”工作组进驻到各区各乡督查生产代耕，而区乡干部直接就下田干农活，帮助百姓度春荒。

“耕战结合”是靖江支前的一大特色。支前庞大的军需物资，唯有通过生产才能供给。所以靖江提出了“抓耕种就是抓支前”工作思路，保障农民有地可耕、有人耕地，充分释放生产力，从而为支前奠定稳实的经济基础。

初春，寒意未消。阳光一出，天空清澈明媚。一旦下雨，庄稼植物趁机拔节。江边桃花泛红，河岸柳树抽绿，田垄蚕豆苗探出黑眼睛，油菜花黄灿灿，一畦畦一片片。

将要从靖江渡江挥师南下的解放军部队，一拨拨抵达靖江县境。

1949年1月，淮海战役接近尾声时，为迎接人民解放军南下，华中一分区支前司令部就向所属各县下发了《十件大事》，即：

一、要夹道欢迎，热烈慰问；

二、要备好车船，运粮运草，保证供应；

三、要做好米，磨好面，保证部队吃好粮；

四、要修好路，架好桥，人、马、炮、车才好跑；

五、要沿途设立茶水站；

六、要收拾房屋，准备铺草，给部队住宿；

七、要帮助部队补洗衣服；

八、要准备向导，帮助带路；

九、要把本地风俗习惯告诉部队；

十、要在部队驻地多搭马棚。

这十件大事就是详细的拥军指南。

靖江县委、县政府指定熟悉地形并能绘图的教师，绘制各区、乡、埭（庄、圩）详细地图，并标明每埭能驻军的人数。绘制完成后，靖江县政府派人星夜取回上报。尔后，又根据《十件大事》做好了迎接渡江部队到来的准备。

2月下旬，第三野战军第10兵团所辖第28、第29、第31军，以及第23军和特纵榴炮团陆续在靖江县内集结。

靖江县城里，迎接大军的工作热火朝天。干部群众主动配合先头部队，在城外用松树枝、柳条搭起高大的欢迎门，大幅宣传标语上写着："打到南京去，活捉蒋介石！""渡过长江解放全中国！"

人群从四面八方聚集过来，道路两边渐渐夹成人墙。人们个个表情喜悦，引颈等待。

炮车隆隆，战马啸啸。当解放军几路纵队齐头并进通过欢迎门时，鞭炮齐鸣，掌声雷动。"欢迎解放大军渡长江！""毛主席万岁！"人们挥舞彩色小旗，呼起口号。

各区的群众在沿途设立了茶水站、慰问组、向导组等临时服务组织。学生、儿童还组成宣传队，到解放军驻地演出。

各村镇，解放军队伍所经之处，标语飘扬，锣鼓震天。男女老少夹道欢迎，挎篮送食物的，烧茶递水的，个个兴高采烈。

"同志们辛苦了，替我们打敌人！"大娘们争相往战士挎包里、口袋里塞鸡蛋、花生。

姑娘大嫂们扭起秧歌，唱起小调。

“看，马！骑马的！”小男孩们看到有部队骑马过来，激动得直往里挤，几名干部模样的抬手招呼：来，来，上来骑骑！有胆大的走过去，被解放军一把抱到马背上，搂在怀里。

这就是当年解放军进驻靖江的盛况，许多老人至今还清晰地记得，津津乐道。

4月中旬，渡江前夕，第一梯队3个军进至沿江一带，渡江战役一触即发。仅仅665平方公里，37万人口，8万户人家的靖江，几乎村村户户都驻有解放军。

当部队有组织地分散驻扎时，热情的群众为解放军指战员们腾房子，打铺草，烧开水。当时，沿江人民群众长期遭受国民党反动派压榨，经济拮据，房屋破旧，大多数人家只有一间屋，人与猪牛同室，部队一个班12人，得分住到三四户人家。为了让解放军休息好，各家都克服困难，自己紧靠猪牛住，大姑娘、小媳妇偎挤在灶下，铺着厚厚稻草的最洁净的地方，就是自己子弟兵的住处，还抱歉地说：“对不住，只好将就……”有户人家甚至把儿子刚结婚的新房让出来，新娘回了娘家住。

王秀英是靖江长安区的妇女干部，15岁就成为中国共产党党员。1949年3月的一天，她接到开会通知。会议任务很明确：解放军要渡江了，党员干部要立即发动群众迎接解放军进区驻扎。

部队当晚就到，务必抓紧！

大家不由分说，迅速分头行动，挨家挨户通知群众腾房屋。

春雨连绵，空气湿冷，道路泥泞。王秀英跑完一家又奔下一家，按家庭人口、房屋大小，定好每户安排多少解放军。衣服被雨淋透了，她就地借衣服换上，马不停蹄地继续工作。

长安区安武乡（今属季市镇）文武殿附近有一座木桥，桥南面有个泡石灰的大坑。王秀英想到部队马上就要进驻了，现在天在下雨，一旦天黑，大队人马对路况不熟悉，稍不留神就会掉进石灰坑里，必须有人给部队点草把照明！

天已擦黑，王秀英把同村的夏一忠叫到桥边，点起草把塞在夏一忠的手里，又捧了一捆草放在他身边，吩咐道：

“你点了不要熄，等部队全都过来了，再把草把熄掉。”

夏一忠有些为难。王秀英就做他的思想工作：“夏一忠，你站在这里，要为人民服务。解放军过了长江我们才有福享。国民党的苦吃够了，我们一点点大就被国民党打，他们筑炮楼，让我们搬砖头，那时我们小呢，才13岁，说不会搬砖，就被打了两棒。我爹爹也被国民党打过……”

夏一忠忙点头说：“我懂，你放心吧。我会坚持到大军全部过了桥。”

夜里，王秀英听到行军的脚步声，立即起身喊出全村妇女一起点火照亮。木桥周围火光摇曳，照亮了河岸道路，照暖了战士的心。指战员们劝妇女们回去，她们不肯，一直坚持到四更天，等部队全部安全过桥。

有一名战士是刚刚从淮海战役战场上被从国民党军队解放过来，见此情景，他深有感触地说：

“老百姓迎接我们真像迎亲人一样。有这样的靠山，还有打不胜的仗？”

第29军85师253团集结于靖江县东部的新港及以北的夏仕港东西地区。靖泰如地区是抗日、解放战争时期的老根据地或游击区，253团2营干部战士多为本地区人，其中，4连前身就是靖江独立团的原1连，是抗日烽火中崛起的一支英雄连队。当部队重新踏上靖江土地时，大家心情十分激动。有许多群众曾经与靖江独立团共同战斗过，相互熟悉，一见面十分亲切。长安区一位老者一听说是自己熟悉的部队，激动地说：“你们终于回来了，我们期盼多日了！”

各渡江部队到达指定渡江集结地点后，一面积极地开展政治动员，一面狠抓军事训练。

第23军第69师第207团到达靖江新桥之后，立即开展了政治形势教育和战斗任务教育。帮助大家认清形势，明确任务，把“打过长江去，解放全中国”的战斗口号喊响！还开展了“诉苦”“说胜利、查准备”等活动，一方面激发阶级仇恨，提高求战热情；一方面细数渡江作战的有利条件和不利条件，查找准备工作的差距。一时间，全团士气高涨，纷纷把决心书、保证书、挑战书交到团机关。

第28军83师249团驻靖江东兴镇，他们的政治动员也开展得有声有色。赵振华，渡江时任249团政治处干事。据他回忆说：

> 3月上旬，部队进行了渡江作战的动员。首先学习了毛主席发表的《将革命进行到底》和《关于时局的声明》。当时我在一连帮助工作，在学习《将革命进行到底》的文件时，有的战士说："虽然江北地区都解放了，可是江南的老百姓还在水深火热中，蒋该死（介石）不会不打就消灭了的，我们革命决不能半途而废，一定要打到江南去，解放全国受苦的老百姓，一定要将革命进行到底……"在学习《关于时局的声明》时毛主席指示我们："中国人民解放军全体指挥员、战斗员同志注意：在南京国民党反动政府接受并实现真正的民主和平以前，你们丝毫也不应当松懈你们的战斗努力。对于任何敢于反抗的反动派，必须坚决、彻底、干净、全部地歼灭之。"毛主席的英明指示，使我们擦亮了眼睛，澄清了思想，克服了少数同志狭隘的家乡地域观念。[①]

---

①政协靖江市委员会、学习文史委员会,《兵民是胜利之本》,《情满千帆》,1999年4月编印。本书注中只列篇名而未注明出处的皆引自《情满千帆》。

人民解放军正在举行渡江作战的誓师大会

陈玉奇，山东临邑人，离休前任福建三明市纪律检查委员会副书记。渡江时任28军83师249团3营政治教导员。他在《渡江日记》中也记载了1949年4月10日，全营召开的渡江作战动员大会。大会上，营党委向全体党员提出七项要求[1]，分别是：

---

① 参见《渡江战役日记选段》。

一、渡江作战中，愉快地接受上级分配的战斗任务，保证完成。

二、渡江作战和行军中，要切实帮助群众解决困难。

三、在行军作战中，要做到发现问题立即汇报，不断检查自己的计划执行情况，发扬优点，克服缺点，做群众的模范。

四、每小组在渡江作战和行军中，保证经常开会，检查总结工作和研究布置工作。

五、各小组要及时解决本组所发生的问题，积极开展思想斗争，克服不良倾向。

六、保证完成战斗任务，不违反政策纪律。

七、战时不忘发展党的工作。

靖江县委、县政府驻在靖城金家祠堂内。渡江前夕，10兵团的首长司令员叶飞与政委韦国清、参谋长陈庆先、政治部主任刘培善等一度驻在靖城和靖城周围。叶飞短时间住过县委大院，戎马倥偬之余，经常约汪青辰与薛先洛去谈话。

一次谈话时，汪青辰、薛先洛先向他扼要汇报支前情况，然后说，县委、县政府准备召开一个有各个系统、各界人士参加的大会，号召全体军民，全力以赴，支援大军渡江，想请叶飞司令员与其他领导同志参加。叶飞欣然答应。由于当时敌机时常在靖江上空盘旋，叶飞说，这么多人开会，要做好对敌防空，这样，开大会的防空事宜由部队全权负责。

4月10日下午，靖城东门体育场，万人大会隆重召开，汪青辰作了支前动员报告，并代表靖江党政军民欢迎解放军来靖，还将欢送解放军渡江作战。汪青辰讲完后，请叶飞司令员讲话。

叶飞精神抖擞地登上主席台，用带有闽南口音的语调，发表了热情洋溢的讲话。他首先论述了全国即将解放的大好形势，然后讲述了解放军为什么要从靖江地段渡江作战。他指出，靖江是具有光荣斗争历史的老解放区，在抗日战争和建立抗日民主根据地中做出过重大贡献。1940年新四军东进，就有许多部队从靖江这一带由江南北渡，1941年秋，新四军第6师谭震林、江渭清率部驻过靖西；1945年他又是从靖江渡江去浙西建立根据地的；1945年秋冬，从江南北渡时，又是经靖江进入苏北根据地的。他说，在解放战争中，这一带人民做出过重大贡献，而且一直坚持斗争在敌人后方，坚持斗争在长江之滨。靖江这一线，是大江南北共同坚持斗争的桥梁和来往通道，是江南作战同志的可靠后方。在这次渡江作战中，又是我军进军江南的“桥头堡”。靖江人民，正在为全国胜利做更大的贡献。他在讲话中，高度赞扬了老解放区人民的伟大力量和牺牲精神，也要求靖江人民再鼓一把劲，支援好人民军队渡江作战，解放全中国、建设新中国！

叶飞讲完后，全场掌声雷动，一张张面庞洋溢着激动与喜悦，口号声此起彼伏，“打过长江去，解放全中国”“全力以赴，支援大军渡江”“向解放军学习！”[1]

这次盛况空前的大会凝聚了人心，鼓舞了斗志，把轰轰烈烈的支前运动推向了新的高潮。

---

① 参见汪青辰《全力以赴支援大军过长江》。

三　粮草路桥

古语说：兵马未动，粮草先行。后勤保障自古以来就是影响战争胜负的重要因素。

1948年12月，苏皖边区第一行署下达靖江县预借公粮550万斤的任务，于明年夏征时扣还。预借办法是：甲等田每亩预借17至19斤；乙等田每亩预借12至14斤；丙等田每亩预借9至10斤。限于1949年1月15日前完成。借户借出粮食，给予统一印制的专署借粮收据凭证。

同时，地委在关于做好支前粮草工作的指示中指出：

“今冬明春，财粮供应需要甚大，在支前中特别重要的是借粮任务，应掌握多粮多借、少粮少借的原则。如完不成任务，就要影响胜利，关系重大。借粮时间必须在12月20日前完成，不允许松懈疏忽。”

由于当时靖江县尚未完全解放，各区的工作重心又都在南进上，虽经广泛动员，实际完成借粮任务401万斤。

1949年1月，淮海战役接近尾声，中共靖江县委又接到专署来电，要求以“扩征、整陈、预借、节约”八字方针，来解决迫切需要的粮食问题。

淮海战役结束后，华东野战军未立即开往江边，而是开赴徐州和海州等地区整训，就是考虑到大军集结江边如果时间过长，粮食供应就会发生困难，如果大量北粮南调，会浪费人力物力。

1949年2月9日，总前委商丘会议后呈中央军委及华东局

《总前委会议对渡江作战问题讨论的意见》中的第（七）款，即指出：

> 粮食，是最困难的问题。主要是就地筹集，但仍须后方准备大量接济。除华东外，我们的意见，中原局亦应予（预）为（准备）以豫皖苏及鄂豫力量支持中野一个时期，直到过江为止。

这份电文道出了总前委的担忧。

根据苏北支前司令部的命令，渡江东集团部队在两淮休整期间，粮食供应以淮阴、盐城两专区为主，就地征粮供应；3月份部队南下后，粮食供应以扬州、泰州两专区为主，以盐城、南通两专区支援。

2月15日，华东支前委员会在《关于收复京沪的支前计划》中对渡江大军所需粮食进行了测算，认为粮食缺口为1.6亿斤。为解决这一缺口，华东支前委员会计划从江淮皖西征借补足，计江淮7000万斤，皖西1亿斤。

但是，随着战役发起时间的推迟，战役规模的扩大，粮食缺口不断增加，不得不屡屡增加征集任务，以解决供应要求。最初布置的征收任务是1亿斤，后来根据形势发展需要不断追加，共追加征集4.89亿斤，此外又预借了0.75亿斤。

2月，华中一分区支援大军渡江司令部又下达给靖江县大米350万斤的任务。

3月，华中一地委和支前司令部在姜堰召开会议，又给靖江县追加了300万斤的公粮任务。

与会的靖江县委书记汪青辰后来回忆说："当我表态接受任务时，我说话的声音是颤抖的，手也感到颤抖。"

这个在抗战时期与解放战争时期长期在靖江战斗的老县委书记对家乡的情况太了解了，他知道靖江县刚刚解放，人民为了支援解放事业已经倾其所有了，不断增加的征粮任务，带给靖江人民的是怎样的不能承受之重啊。

也许是察觉靖江县的同志面色有些凝重，华中一专区专员黄云祥开导说，当年陕北人民为了支援解放军，宁可自己吃山芋叶和野草，也把粮食拿出来作军粮，我们华中一分区的干部与群众就要学习这种献身精神来支援大军渡江。

汪青辰回到靖江县后即召开县委扩大会议，他把一分区追加公粮的事情一提出来，就注意到"到会同志的面孔表情都是严肃而坚定的。他们都在日日夜夜地紧张工作，满面风尘，是相当疲乏的"，可是"没有一个同志讨价还价。我们大家都知道完成这项任务的伟大意义，不能只从眼前的一时困难着眼"。

汪青辰懂得，要完成征粮任务，只有依靠人民群众。靖江的老百姓是通情达理的，只要讲清大支前与群众的关系，对比一下新旧社会的区别，告诉老百姓共产党为穷苦百姓谋幸福的光明前景，老百姓会理解与支持的。

为此，县委、县政府与支前总队部专门印发了传单，到处印发张贴，这些传单的内容有：

现在忙着大军过长江，今后兴家生产有保障；
要比参军好男儿；
前方支前为我们，后方生产大家帮；
带头去支前，翻身大龙头；
解放军打仗为我们，我们支前为自己；
军民合作一条心，永远幸福有保证。

朱根勋，原靖江县委常委、宣传部部长，渡江战役前为靖江县城中小学校长，据他回忆：当年，靖城各中小学教师积极响应县委号召，被临时抽调到县政府写标语，几乎是一夜之间，靖江城乡被红彤彤的支前标语所覆盖，支前氛围一下子就热乎起来了。

诉苦会是一种支前宣传中经常被采用的形式，效果很好。东兴区的干部在正东圩举行群众代表大会，请各乡群众代表到主席台上讲国民党的种种劣行，讲共产党维护贫农利益的土改运动与减租抗税。通过群众说服群众，农民的觉悟迅速提升，一天之内筹集到500吨粮食。太和区则在四墩子（今属新桥镇）搭台唱戏，痛诉国民党，歌颂共产党，歌颂人民解放军。通过生动的忆苦与诉苦，百姓的阶级仇恨被激发出来，让群众认清国民党的反动本质，看到解放军所向披靡的胜利势头，看到共产党为百姓打江山的正义导向，从而对眼前的渡江支前产生深刻而由衷的支持。

城区工厂则依靠临时职工会进行职工支前动员。3月21日，城区成立临时职工会，100多名职工代表参加大会，县长薛先洛亲自到会作动员报告。临时职工会组织城区各工厂职工，筹备支前物资、成立解放军欢迎团、建立城区工人巡逻组，发挥了重要的作用。

为了更好的宣传发动，当时还组织编写了许多支前歌谣。一首朗朗上口的歌谣，经过人人传唱，便成为那个时代的“流行歌曲”。据统计，1948年至1949年，广大人民群众创作的支前歌谣达到百首以上，许多支前歌曲在靖江广为传唱，影响甚远。且摘录部分：

一、好草喂战马，好米做军粮，兵强马壮，活捉老蒋。

二、我簸你扬，好谷细粮，你担我挑，送到战场。

三、哥哥在前方，弟弟紧打场，哥哥消灭蒋匪军，我给哥哥送军粮。

四、大军前走，粮草跟上！铁的部队，兵强马壮！

两根扁担一样长

两根扁担一样长，浑身油滑发亮光，

一根留了忙生产，挑粪挑草担米粮；

一根带到前方去，一头一个子弹箱，

支援大军渡长江，争取全国早解放。

支前歌

车子推，应天响，支援前线运草粮，

推了一趟又一趟，一直推到八圩港。

推的推，挑的挑，先运大米后运草，

保证大军吃不了，运输同志功劳高。

粮草运到前线去，大军兵强马又壮，

雄赳赳，气昂昂，威风凛凛过长江。

横渡长江

长江水，浪滔滔，挡不住民主大高潮。

大高潮，像海涛，千军万马准备好。

准备好，粮和草，支前工作大家搞。

大家搞，立功劳，横渡长江把仇报。

把仇报，把仇报，彻底推翻蒋家王朝。

与此同时，各种渡江支前的新闻报纸应运而生，如《靖泰大众报》《支前报》《征粮报》《大支前》等等。这些报纸每天报道大军渡江的即时信息，宣传军队与地方群众支前的英勇事迹，也批评与纠正支前运动里的消极因素，有褒有抑，对支前工作的推动起到了积极作用。

经过广泛宣传发动，各项征粮任务最后都得到圆满完成。

尤值得一提的是，靖江民众用了10天时间就完成了350万斤大米的征粮任务，这350万斤大米中还包含有靖江县群众过春节舍不得吃的米糊和年糕近10万斤，也作为军用粮交了出来！这是靖江人民对渡江战役做出的无私奉献。

追加公粮的动员工作，往往是结合着其他支前工作，交叉进行，齐头并进，并没有作为一项单独工作来做。

柏木区是1949年1月24日才刚刚解放的。地委副书记江一真到靖江检查支前工作，汪青辰陪同他一起到柏木区，适逢区委组织扩大会议，汪青辰在会议上表扬柏木区其他支前任务做得很出色，然后又布置再追加大米的任务。这个新解放的区，在抗日战争的后期，虽已建立了“灰色”政权，但土改尚未进行，农民中有不少春荒户。汪青辰与区委研究了政策，同时布置了借粮救荒工作。这样，春荒户看到了他们眼前和长远的利益，同样成为追加任务中的积极户，而且还为未来的土改运动，打下了思想基础、组织基础。所以，新解放的柏木区的粮食任务和各项支前任务，同样完成得很好。

由于发动宣传到位，靖江工商界表现得十分积极，吴渭丰、秦玉、刘仲贤等一批工商界骨干，踊跃支持大军渡江，仅捐献大米就有300担（6万斤）。后来，吴渭丰担任工商联合会专业（南货）委员会主任，秦玉担任县工商联合会的副主任。刘仲贤作为无党派民主人士代表当选为副县长。

除了征粮，粮食的调动、保管和加工任务也很艰巨。

冯云，靖江人，离休前任靖江农机局局长、党组书记。渡江时任东兴区财经分局主任。据他回忆说：

要保证人民军队和民工的粮食及马料的供应，仅靠老百姓所种庄稼的收获显然是不够的。上级指示：外调！到兴化、高邮、东台等地调进粮食，除此以外，靖江老百姓也不示弱，他们省吃俭用，勒紧腰带，每人借粮20斤，作为1949年的公粮抵算。这样才基本保障了人民解放军和民工的粮食及马料的供应。

为做好粮食供应工作，解决征集、调运、保管和加工等问题，东兴区财经分局在上六圩港北中心桥设立了粮站，由于那时没有房子，征集调运过来的粮食就放在上六圩港两边的老百姓家里，粮站工作人员办公就在一个叫杨明浩的地主家里，3间房子，这就是东兴粮站，宗义春为粮站站长。军队称之为兵站，我们在大港要道口还设立了供应点。我当时是东兴区财经分局主任，也是粮站的一个正式工作人员，那时只有5角钱一个月的工资，除此以外，一年发一套单衣，三年发两套棉衣，毛巾一年发一条，两包蝴蝶牌牙粉作为福利。我们的伙食是一天3角钱，早晚各是1角，中午2角，每月由财经分局直接划到食堂，所以我们有吃有穿有用，还担心5角钱的月工资用不掉哩。

为了方便工作，我们临时组成了30多人的工作队，由于那时群众积极性很高，要人有人，这30多名成员都是由村财经员推荐而来的，一般都能识字、写字。这些人在渡江结束后，一部分回乡当了干部，一部分被调了出去。组成的工作队就专门负责粮食的征集、调运、保管和加工。

由于我们工作队的任务完成得较出色，部队军首长奖给我们一匹大枣红马。[①]

征集调运过来的粮食大都是毛粮，需要加工。靖江县委

① 参见冯云《东兴粮站纪事》。

由人民群众自发组成的支前大军全力以赴

和南下支前总队部专门配备干部负责加工，县站设加工管理股，区有加工管理员，全面发动城市米厂、面粉厂和农村土磨坊日夜加工。如四墩子袁大丰米厂、永祥太米厂、礼士桥米厂和靖城太来米厂等都是开足马力，像陀螺一样，昼夜不息，轧米磨面。

农村加工粮食使惯了土磨子和舂臼，为了尽快地把毛粮加工成精粮，许多村子里男女老少齐上阵，按上面下达的各户任务没日没夜地工作。什么时候完成，加工好了的粮食应送到什么地方，工作队员负责传达。他们为完成任务，风里来雨里去，从不叫苦，即使遇到敌军舰和敌机的机枪扫射，他们也毫不畏惧，不怕牺牲。他们也从不计较报酬，心中只有一个信念：一定要干到底。

当时有一首儿童团儿歌这样唱道：

确保大军渡长江，日夜轧米机器忙，
粒粒大米赛珍珠，个个百姓殷希望！
做饭喷喷香，吃着个个壮，
杀敌打老蒋，全国得解放！

各个加工点对成品质量要求严格，不仅大米、面粉要保证质量，杂粮也要去皮脱壳，筛干净，无杂质。在运输、保管、领报等方面也有详细规定和严格要求。

支前的另一项重要任务是草，一则是部队生火做饭需要柴草，一则是战马需要草料。

2月，华中一分区又分配靖江县征集民工草7.5万担，其中靖八线5000担、靖黄线1万担、天星桥至八圩港4000担、靖城1万担，另杂粮任务2万担。

2月20日，苏皖第一行政公署给靖江下达了草料调度任务：

靖江县集中2万担火草、5000担马草（稻草）于靖城，4万担火草于沿江一线。

3月23日，根据一分区支司命令，靖江县支总紧急命令有关各区立即集中芦柴、稻草于有关出江港口，于3月26日前完成。具体分配数量如下：

八圩港集中芦柴2000个、稻草2万斤暂存于十圩港东；西来区的张黄港、新港、安宁港，柏木区罗桥港，东兴区的上、下四圩港，上、下六圩港，二圩港，太和区的夹港、青龙港，蒋华区的界河口、西七圩港各集中芦柴1000个、稻草1万斤。14个港口共集中芦柴1.5万个、稻草15万斤。

4月9日，由于烧火的草和马吃的草料严重不足，靖江县支前总队部总队长薛先洛、政委汪青辰向各区支前大队部下达通令：

根据本县目前火草马草供应情况，除发掉的火草马草之外，各区还须完成如下之任务。并限15号以前完成。

（一）西来区：

（1）火草120万斤（集中斜桥30万斤，西来镇20万斤，其余以村为单位集中）

（2）马草30万斤（10万斤送斜桥，5万斤送西来镇，15万斤送季家市）

（二）长安区：

（1）火草120万斤（送50万斤到季家市，其余70万斤集中各村）

（2）马草30万斤（集中10万斤到老庄头，20万斤到季家市）

（三）孤山区：

（1）火草120万斤（送40万斤到广陵镇，其余80万斤集中各村）

（2）马草20万斤（全部送广陵镇）

（四）侯河区：

（1）火草120万斤（送30万斤到生祠堂，其余90万斤集中各村）

（2）马草20万斤（10万斤送生祠堂，10万斤集中侯家市）

（五）柏木区：

（1）火草120万斤（集中柏木桥5万斤，送靖城柴火10万斤，引火草10万斤，其余85万斤集中各村）

（2）马草20万斤（5万斤送柏木桥，15万斤送城区草站）

（六）东兴区：

（1）火草70万斤（30万斤送靖城草站，10万斤送镇东圩。其余集中各村）

（2）马草40万斤（10万斤集中生祠堂，由侯河区接收，20万斤送靖城，其余10万斤集中正东圩）

（七）曲霞区：

（1）火草120万斤（已烧去不算，集中曲霞镇150万斤，其余集中各村）

（2）马草8万斤集中曲霞镇

（八）广陵区：

（1）火草120万斤（送20万斤到季家市，其余集中各村）

（2）马草8万斤集中广陵镇

（九）太和区：

（1）火草250万斤（送25万斤到毗芦市附近，其余集中

各村）

（2）马草60万斤（10万斤送地藏殿，其余以乡为单位集中，由区统一布置）

（十）城区：火草25万斤（以村为单位集中）

（十一）蒋华区：

（1）火草250万斤（送新镇市20万斤，其余集中各村）

（2）马草60万斤（送10万斤到曲霞镇，送15万斤到新镇市，其余以乡为单位集中地址，由区统一布置）

说明：

一、自即日起，柴火收发折合比率规定，干柴九折，不干不潮七五折，潮柴六折。（以前所收的柴火，也照此折扣发给）

二、凡集中之柴火，一定要有百分之二十引火草。柴要照折扣计算任务：即潮柴10斤算6斤任务。

三、以前所收的柴火，与此次规定折扣不同，其中折耗可以报销。

四、其他草的折扣，仍照以前规定。

五、火草马草调度上，乡可调度全乡，区可调度全区，县调全县，绝对要服从上级调度，不得存着本位观念。[1]

---

① 参见《靖江县支前总队部通令》。其中（五）-（1）和（七）-（1）的数据各不一致，皆尊重原始资料，未作改动。

9日下发通令，15日就必须完成，只有短短的一个星期时间，这是对靖江县人民的又一次考验，但是靖江人民不辱使命，按时按需地完成了任务。

周忠发，靖江人，渡江时为三太乡清五村村长。据他回忆说：

> 当时规定，一个村要捐1000~2000斤的大米，10000~20000斤草。老百姓省吃俭用，粮不多，就把家里的牲口杀了去换米；柴不多，砍下房子周围的树木当柴草。捐赠来的这么多柴草堆在哪里呢？当时，一个叫沈昌林的人，家里三间房，就他一个人住。我们对他一说，他欣然同意，于是，把柴草都堆在他家里，结果堆了满满三间屋。[①]

靖江县的人民都深深知道，他们的付出都是直接为渡江大军做准备的。他们渴望人民解放军兵强马壮，好早一天夺取渡江胜利。

2月28日，苏皖第一行政公署下达训令，要求各县坚决执行专署粮库、粮站联席会议决议，对现粮入库、供应、转运、调

① 参见周忠发《回忆我村的支前情况》。

度等工作，一定要执行严格的管理制度。

分区司令部也下达了命令，为支援解放军渡江，成立临时支前总部，各县成立临时支前总队，由县长、粮食局局长担任，负责部队粮草、马料、伙草、蔬菜、油、盐等供应。

从2月份下旬开始，三野第10兵团28军、29军、31军，第7兵团23军以及特纵榴弹炮团陆续开进靖江、泰兴、如皋等地区。至3月上旬，各军先后到达渡江作战出发位置。其中28军拥有54725人及一个炮兵团， 29军有33000多人，23军拥有35000多人，31军拥有32000多人，4个军仅在靖江县集聚军队总人数超过12万人。

靖江县财粮部门集中调度给各军4200万斤大米、110万斤杂粮（民工粮）、400万斤军草，作为军需供应，每军设一个供应总站和4个分站，总站站长抽调县财粮局长担任，部队派一名副站长，分站为直接供应机构。为保证部队供给，分站经常保持7天至10天的粮食库存。根据驻军和过境人员驻地及交通情况，粮草的调度、运输、加工、囤存、供应定点定线，做到粮设粮站（库），草设草站，并严防敌人轰炸焚毁和敌特破坏。

为适应部队流动供应需要，苏皖第一行政公署在支前办事处下设随军粮食供应站。根据军分区统一安排，靖江县具体安排的供给地点和供给量如下：

第23军以毗卢市（今属泰兴市）为中心，需要供应大米70至

105万斤，杂粮12至18万斤，马料21至32万斤，烧草150至225万斤，马草40至60万斤。

第28军以生祠堂为中心，需要供应大米60至90万斤，杂粮12至18万斤，马料18至27万斤，烧草140至210万斤，马草26至54万斤。

第29军以靖城为中心，需要供应大米60至90万斤，杂粮12至18万斤，马料8至12万斤，烧草140至210万斤，马草32至48万斤。

第31军以搬经（今属如皋市）为中心，需要供应大米70至105万斤，杂粮12至18万斤，马料16至24万斤，烧草150至225万斤，马草32至48 万斤。

因为泰兴、毗卢市、生祠堂供应所需较大，苏皖第一行政公署特别从华中调运大米120万斤到泰州充实粮库，计泰兴城30万斤，毗卢市60万斤，生祠堂30万斤。靖城所需100万斤大米仍由靖江自行集中。各补给点所需杂粮和马料，泰兴由泰兴负责，黄桥由泰县负责，搬经由如皋负责，其余由靖江负责。

4月15日，渡江在即，华中一分区成立第一渡江司令部，司令童炎生、副司令庄村，政委谢克西、副政委黄云祥，政治部主任潘明仲、副主任任重（后为张渤如）。下设随军供应总站，驻广陵镇，又设5个分站，每个分站配干部4人，民工20人，船10条，负责供应口岸—泰兴、靖江—张黄港一线渡江部队的粮草和生活必需品。同时在海安、如皋、姜堰、泰州、黄桥、泰兴城、靖江城、季家市、八圩港、四墩子、生祠堂、正东圩、新镇市、广陵镇、口岸等地设立了重点粮站，保证部队供应。

粮草调运指挥地点开始设在黄桥，各种运输工具水陆并进，日夜兼行，成千上万辆满载着军粮的独轮车、驮着军粮的牲口及数不清的肩挑军粮的民工，还有一条条满载军粮的船只，川流不息，汇成了支前的滚滚洪流，十分壮观。歌声、号声到处沸腾。

在这么多运粮队伍中不得不提到一种手推独轮车。靖江、泰兴、如皋很多较为富裕的人家都有一辆手推独轮小车，叫“仨车”。这种车中间有棚架、独轮，长约1.5米，宽不足1米，全车用木头做成。苏南人将这种只有苏北才有的独轮小车称为江北小车。

在著名的淮海战役中，支前民工用88万辆手推独轮车为军队运送物资，其运输能力相当于今天的2万辆卡车。陈毅元帅对此曾做出过经典性的评价：“淮海战役的胜利是人民群众用独轮车推出来的。”

1949年的靖江大地上，也上演了一场著名电影《车轮滚滚》里才有的大戏。渡江战役中，十几万支前民工推着这种“仨车”运送物资的场面十分壮观，他们不仅为前线运送粮食，还运送枪支弹药，为战争胜利提供了物质保障。

为了随军渡江送粮和在渡江后继续运粮到江南，分区还成立了运粮过江总队，总队长朱玉山，副总队长黄邦举、陈炎，教导员王长保，并配备了武装警卫100多人，以便护航和到新区警戒。渡江民工纵队共编为4个团，渡江前即装好袋子大米1380万斤。并先派王兰田渡江到江南做好接应准备。1949年9月，在运粮过江时，运粮指挥部总务股长顾钦于八圩港长江江面，不慎落水，光荣牺牲。

为了保证粮食供应，县委、县政府竭尽全力连续多次进行“扩、借、献”的筹粮运动，广泛动员群众，借粮支前，迎接大军南下。广大翻身农民深深懂得支援前线与他们的利益息息相关，提出：“部队需要什么，我们就支援什么”“哪怕倾家荡产，也要支援前线”，宁愿自己饿肚皮，用野菜、树皮、“观音粉”（用孤山上的嫩石磨成的粉）充饥；宁愿春节不买猪肉，不做馒头，不添新衣，也要把家中最好的粮食、物品拿出来，献给前线解放军。一时间，全县上下户户筹粮食，村村献柴草，甚至有人家把房子拆了给部队当柴火。

4月1日，靖江县政府下发规定，要求党政部门所有人员、部队学员，每人每日吃粮在原供应标准上减少大米一两，节约出粮食，支援大军渡江。

最后一碗米用来做军粮，

最后一尺布用来缝军装，
最后的老棉被盖在担架上，
最后的亲骨肉送到战场上。

这是一支解放战争时期在河北平山县广为流传的支前民谣，体现了浓浓的军民鱼水，也是革命群众对于中国革命最无私、最伟大奉献的真实写照，借用这首民谣来称颂渡江战役期间靖江百姓的支前行动也一样的恰如其分。

事实上，包括靖江县在内的华中地区的党政军民已经为大军渡江支前做出了最大的努力，也已经到了最大的承受极限。这一点总前委和二、三野战军负责人都十分清楚。为此，总前委和第二、三野首长纷纷向中共中央和军委反映推迟渡江的不利条件。4月10日，邓小平、陈毅在给中央军委的电报中这样说：

现我百万大军拥挤江边，粮食、柴草均极困难，如过久推迟，则必须将部队后撤就粮、就柴草。①

因此总前委建议“先打过长江，然后争取和平接收，为更有利”。

① 中国人民解放军历史资料丛书编审委员会编，《总前委关于推迟渡江的不利因素致中央军委电》，《渡江战役》，解放军出版社，1995年3月。

大批弹药利用河道运往前线部队

但是，中共中央从政治上考虑，依旧决定，将渡江时间再推迟一个星期。

百万大军作战，除了粮草，道路桥梁也十分关键。不只是步兵要通行，还有骡马、车辆、武器装备等都需要一定的交通条件。

渡江战役发生之初，华东支前委员会就已经注意到这个问题，2月15日，他们在《关于我军南渡的支前计划》中重点提到了路桥问题：

> 苏北、江淮、皖西及豫皖苏各地，道路及交通设备破坏者，必须大力修复，完好者，必须保持畅通。[1]

当时的靖江交通条件十分简陋。

靖江第一条公路始建于民国十七年（1928年），北伐军进驻靖江的第二年，当时称江靖公路，是连通靖江城到八圩江边的一条公路。路基宽7米，长7.9公里，是一条能通车的土路。1933年铺设煤渣。1940年伪江苏省建设厅又拨专款给这条路铺上砂石。这是当时靖江最好的公路。除了这条路，靖江都是土路。

1929年至1935年，国民党南京政府勘察设计，筑了姜（姜

---

① 《渡江战役》，解放军出版社，1995年3月，第75页。

堰）八（八圩）、江（江都）平（平潮）两条公路，路基均为7米，靖江境内总长64.35公里。由于屡遭战乱，长年失修，也已严重损坏。

1949年1月，靖城解放后，靖江县委、县政府鉴于县内交通严重破坏，就开始组织修路，先把贯通全县的浦（口）启（东）公路的靖泰段修好了，后又修复了靖（江）黄（桥）公路。但是，这些公路的桥梁，有一部分还不甚巩固，也不符合负重要求。

2月中旬，华东支前委员会发布《华东支前委员会关于收复京沪的支前计划》后，靖江又花了近一个月的时间，新筑了跨界河两岸全长百余里的公路，修复了靖（江）泰（兴）公路、靖（城）张（黄港）公路、季（家市）靖（城）公路3条主要干线，全长200余里。另外还筑了四仙镇至七圩港口、唐大圩至新桥口、广陵镇到靖城、药师庵到六助港等7条支线，总长300里。在大江沿岸，筑了一条60里的阵地公路。全县农村，所有东西、南北要道全部拓宽。

2月21日，靖江县政府向各区下达紧急训令，要求自靖泰线、季靖线，对造桥、造路工程发现不符合质量要求的，要立即检查自己辖区内的所有桥梁与公路工程，如有问题应即纠正。

2月底，为了迎接大军南下，成立修建委员会，由郭葆青、吴进先等19个同志任委员会委员。委员会下设4股：总务股、器材股、宣传股、技师股。

3月9日，根据分区的紧急电令（《三月九日紧急命令》），靖江县政府向辖区各乡镇发布修建公路的命令，要求限期完成：

一、建筑公路桥梁（已完成的靖泰、季靖两线不在内）。

甲：干线——即路面2丈阔，桥能载2万斤，走10轮卡车（即与靖泰、季靖两线同）。

（一）毗芦市到西七圩港口；（二）毗芦市到夹港口；（三）生祠堂到上六圩港口；（四）季家市到毗芦市（此路有一丈四尺阔，桥载一万斤亦可）。

乙：支线——须造路面一丈阔，桥阔一丈，载1万斤的。

（一）新镇市到界河口；（二）生祠堂到上四圩港口；（三）朱家坝到下二圩港口；（四）太平巷到下四圩港口；（五）马桥到下六圩港口；（六）柏木桥到天生港口（靖东）；（七）药师庵到六助港口（靖东）。

二、所需器材来源：木头，煤铁，由政府发给，桥面板，挡泥板，枕木由各区征集。征集原则：除煤器材外，只要有器材，可不分阶层，实行征购，估价作粮以后奉还，但柏木区仍应搜集地富器材。

三、人力组织：各区对前次造桥的木匠，再动员组织好，10人一组，每区4个组到6个组，铁匠3个到5个，一旦炉子器材齐。立即动员——各区修建干部要有计划地调动适当人才。充分估计到工程之大，时间短促，不能因干部少，将次要干部调出，这是不好的，要在全区全面工作下调出，不管哪一部门。除留必要干部外。一切次要工作必须丢下来，全部力量服从支前工作。

四、各区的任务具体分配：

季（市）毗（芦）线广陵曲霞两区负责，毗（芦）七（圩港）线蒋华负责，新（镇市）界（河口）线蒋华太和两区负责，柏（木桥）天（生港口）药（师庵）六（助港口）线均由柏木区负责，毗（芦市）夹（港口）太和区负责，生（祠堂）上四（圩港口）线生（祠堂）上六（圩港口）线朱（家坝）二（下二圩港口）线马（桥）下六（圩）线均由东兴区负责，在东兴区境内横港以北公路由侯河区所动员民力负责筑好；另靖张线除原靖东各区所造桥外，对土桥（九孔的）新市桥（四孔的）七号桥（七孔的）3座的任务须另行分配，孤山区原负责的板二丈，现需继续征集，并须尽力动员中、贫农献更多的树。

五、时间部署：

各区即日派员勘订路线，计划桥梁，编造器材，人力预算，组织力量具体分工，分头征集材料，动员民工筑路，建筑的负责同志于10日上午到生祠堂小学出席汇报会，全部工程限本月20日以前彻底完成，千万不能延误，阻碍大军前进。

另对建桥说明：

一、各线尽量避免造桥，或少建桥，建小桥以达工程迅速完成，可暂填成实坝，但我军运船只必经之港河，仍须造桥，方可使船只出口渡江。

二、群众生产所需灌溉之水道如填塞成坝可待大军过江后，仍可挖通，这事必须向群众说明。

三、新开路线，如必须搬拆民房时，而为了拆房影响，叫他生活无法维持，或动用他的田过多，生活无法维持到调整土地时的人家均可书具报告，区政府证明县府附具意见。呈请专署适当补助。

四、由于造路而必须搬拆之房屋，而家庭无力负担者，伙食向政府报销，以上任务，各区须切实迅速进行为要！①

这个命令布置得十分详细，举凡道路桥梁的要求、地段、器材、人员组织、任务分配、时间要求，桥梁建设的说明都要言不凡，显见当时的县政府对全县情况掌握得很透彻，部署也很到位。

---

① 出自《情满千帆》。

10日上午，生祠堂小学的操场上，靖江县所有的正副区委书记、区长、乡农会负责人齐聚这里，参加修桥筑路动员大会。会上，汪青辰先作了动员报告，薛先洛进行了详细的分工。各区区委书记、区长、乡农会负责人明确了任务，领命而去。命令要求3月20日以前彻底完成，不能延误，阻碍大军前进。

王桂芬，东兴区成德乡人，1948年任成德乡农会主任。王桂芬参加完会议后回到村里，立即召集农会成员开会，讨论修路。

王桂芬的叔叔也在农会，他不解地问侄女：“我们从来没有见过什么汽车，你说这路上会走什么汽车，还要修马路，真的假的啊？”也有人问：“我们往常都是破坏公路，现在路做好了，国民党的装甲车来怎么办？”

王桂芬耐心地解释说：“怎么没有汽车来啊，解放军马上从我们这里走，渡江作战了，共产党怎么会说谎呢？”

尽管做了几天工作，老百姓还是想不通，没有人肯参加修路。

王桂芬没办法，只能到县里向县委领导汇报：“老百姓思想不统一，他们认为修马路没用，没汽车走。”

汪青辰思忖片刻，对王桂芬说：“你先回去，我马上放一部车子过去。”

当天下午，县委派了一辆卡车开了过来，路上坑坑洼洼，布满大大小小的水塘，有一水塘太深，汽车经过时就陷了进去，出不来。王桂芬马上回村子召集村民，她说："你们看，这不，汽车来了，让你们修马路不修，现在共产党的汽车来了，陷下去，开不走了。"

一听是共产党的汽车陷在路上了，整个村庄的人都来了，他们齐心协力把汽车拉了上来。老百姓这下相信，会有汽车来，这条路非修不可了。从横港到正东圩，有五六里的路，1000多人参与修路，一个多星期就全部修好了。

为保障部队重装备（炮兵、汽车和骡马等）通行，县成立修建委员会，组成民工团，由团长薛先洛、政委汪青辰、副政委张从先、参谋长鞠振兴、政治处主任陈其智带队，负责造桥、筑路、建码头。抽调2000多名民工成立民工团，负责建桥、筑路、建码头等。修建委员会发布了专门的命令，明确修路筑桥的分工和事项：

一、建筑七圩到夹港公路问题：

（1）决定由黄天成、陈其智二同志负主要责任，与张达仁、郑子荣、苏宗武、陈逸鋆组织建筑委员会统一领导。

（2）共要筑两张桥。（一般的填坝桥梁采用杉木，桥面用松树横在上面）

（3）日夜赶筑限12日完成。

二、县府成立护交队，（原老护路桥小组）即训令各区以乡为单位成立护交小组，县护交队由邮电局和公安局负责。

那段时间，从城镇到乡村，从机关到学校，每天成千上万的人，日夜奋战，全方位筑路，多层次架桥。工地上人山人海，川流不息，挑的挑，抬的抬，夯的夯，号子声如潮，日日夜夜，忙个不停。区、乡干部卷起铺盖，在工地吃宿，在现场指挥。能工巧匠和民工们一道争分夺秒，紧张施工。很多区乡干部和群众，都实行了包工包干。他们的口号是：

随军筑路，立马造桥。汗水洒在公路、桥梁上，胜利确保在战场上！

为全力支持造桥铺路，靖江县政府对全县所有木行的杉木进行封存。只要支前需要，随时由支前办公室与各户协商。渡江期间，靖城各家木行总计卖出10多个木排。锦源祥和同森两家木行各卖出5个木排，同森木行家中所有的货几乎全部售光。吴正道木行还主动将木行的杉木全部送到工地。

广大农民群众将家前屋后的砖头、石块敲碎后送到工地铺路，将榉树、榆树及其他杂树等大树锯倒送来造桥。连老人、小孩也发动起来抬石子，运砖渣。每个人都在不知疲倦地工作。修建委员会一面突击组织铁木材料，每个桥头都有几个铁匠墩就地打钉，木匠就地加工材料。他们懂得："我们支援大军渡江，大军为了人民解放。"

太和区有一座桥，4个坝，要求一天完成，民工们加班加点，连续奋战，硬是半天一夜就提前完成了。在全县人民的共同努力下，全县公路、桥梁按时相继建成并通车。

生祠镇三里庙有一棵几百年的古银杏树，几个人才能合抱，早晚树阴能拉出两三百米远，早上日出树阴能拉长覆盖到陆家港，晚上太阳落山时树阴能遮到大靖港。三里庙离靖泰之间的界河不远，当时的泰兴人都来这棵树下乘凉。但是为了造桥，当地老百姓毅然把这棵古树砍倒，古树分别做成了好几座桥的桥板和桥桩。

据不完全统计，全县共修筑公路704里，能通过牵引榴弹炮十轮卡车的桥梁90座，架电话线100多里，竖电线杆3000余根，筹集门板4586块，大树1238棵，杉木1710根，其他工具不计其数。平均每天有6000人参加支前工作。

在新筑的公路路面上，群众在最后平整时，对"铜板"（古钱币）那么大的砖瓦屑，都要清除掉！他们懂得，这些公路，是走向全国胜利的公路，是彻底走上翻身解放的公路，是人民的大路啊！

当时的解放军炮兵团，装备的122榴弹炮、38野炮及高射机枪等火器较杂、射程较近，所以为了在发起渡江总攻时，炮兵团能对江南岸的敌防御工事进行最大程度的摧毁，必须将炮兵团阵地设在江岸一线。可是，从当时的炮兵掩蔽阵地到江边还有很长的一段路，尤其是从太和镇（今属新桥镇）到江边的路，大都是很窄的土田埂，且进入4月中旬后，老百姓地里的油菜均已开遍了黄花，绿油油的田里麦苗都已抽穗，要想修一条能通汽车、大炮的道路，要破坏大片庄稼，谈何容易。

但当炮兵团提出修路的要求后，当即得到了县领导的大力支持，县委、县政府并当即表示“一切为了前线”，紧急动员群众，抢修简易大道。仅用两天时间就修起了一条长约20里的简易大路，使榴弹炮顺顺当当地进入了发射阵地。有力保证了战前炮兵向江南岸的准确射击，摧毁敌人滩头及江防工事，保证了登陆作战的胜利实现。

当时的新闻媒体对靖江百姓修路支援大军渡江时有报道。

4月10日，《新华日报》（华中版）报道说：当大军南下前后，靖江县新筑通江公路12条。农民自动献铁47担，铁匠们紧张地打制铁钉，解决造桥器材。

四　船只船工

渡江作战，当然是要有船。第23军军长陶勇曾经一语道破：过江全靠船，船是命根子。

当国民党军队从江北溃败时，曾大量收缴船只，拉到南岸封存或销毁。解放军到达江北岸之前，一些船主因害怕解放军收走他们赖以为生的船只，或者卖船，或者把船隐藏起来。还有老百姓受了反动宣传和船主的影响，把船弄走，用泥沙装入船舱，沉入水底。

同时，国民党开始对长江水上交通施行全面封禁。自1948年12月起，水上航行的上下船只只能靠南岸行驶。南北交通被切断。南北两岸的过渡船只，只能在为数很少的几个渡口停靠，按规定过渡，且有军警层层把守。

淮海战役后，为了进一步封锁江面，国民党当局于1949年2月间制定了《江面交通管制法》，要求在南岸上下通航的船只，在入夜至黎明前规定的时间内，一律停航，白天装卸客货，也必须在指定的几个码头进行。进出码头的船只，必须悬挂规定的信号旗帜，同海关联系，取得允许后，才能驶进和驶出。两岸的渡船，入夜后一律停渡，渡船必须停泊在南岸被管制的渡口。停泊在南岸河汊里的木排，一律冻结，不准驶出。

整个长江江面，夜间由国民党海军舰艇值班，上下巡逻。各码头设置军宪警联合检查站，检查客货。在沿江防守的重点水面上，布设水雷，有水上漂雷，也有水下雷。沙滩上也埋上

人民解放军依靠群众组织船只，图为群众在运船时“翻坝”

了地雷。

一时间，原本百舸争流的滔滔长江，陷入一片死寂。

早在济南战役结束后，华东野战军即派出干部去苏北等地筹划征集船只。淮海战役期间，已开始在苏中、皖北动员收集与制造船只。

1949年2月，各野战军派出以军政治部主任负责和团一级干部为主的先遣工作人员，进抵江北，着手筹集船只的调查、准备工作。

先遣人员进入预定渡江地段后，在地方党政机关密切配合下，深入江湖港汊，走村串户，访贫问苦，宣传党的政策，宣传人民解放军渡江的目的，摸清船只和船工的情况，进行调查和登记工作。调查登记的内容包括：船只的数目，每只船的容量，船只新旧程度，损坏情况以及损坏的部位，各船有多少船工，船工在何处，船工技术的熟练程度如何，船只属于哪个“帮”的，“帮头”是谁，帮头的政治身份和政治态度，等等。这项工作共持续了10天左右，为下一步集中船只和培训船工，创造了良好的条件。

2月13日，华中工委《关于渡江作战支前工作的指示》中明确：

设置渡江船只管理局，专负训练渡江船只事宜。渡江船只应与运粮船只分开，渡江船只要是最好的，船上缺少篙具绳索帆篷等，可由公家设法帮助，3月1日前一律集中检查进行训练。①

2月15日，华东支前委员会发出了“关于收复京沪的支前计划”，要求组织4个船舶管理处，负责动员组织及登记船只，教育船工，担任军运。

华野司令部下设两个直属渡江船只司令部，分驻瓜洲及靖江两个渡江点，专事渡江船只的接管、调度和指挥。团一级战斗单位单独成立（或团与团联合成立）了船舶管理委员会，还设立了统一维修船只的船场、临江统一调度船只的指挥机构。

2月25日至27日，苏北渡江支前准备委员会扩大会议在泰州城召开，其工作部署中，要求华中一分区筹集“300只大的、齐备的船装部队，5000斤以上载重”。华中一分区把其中的一半任务下达给了靖江。

当时靖江有长江渔船约270只，都是1吨至5吨的小舢板。而运输船只随着抗战后新港的衰弱，也所剩无几。而且，船是渔民的个人财产，也是他们的生产资料，让他们把渔船贡献出来，而

① 江苏省档案馆、安徽省档案馆编，《渡江战役》，档案出版社，1989年，第137页。

且还要上前线冒着生命危险亲自摆渡，这个工作确实有些难做。

3月12日，靖江县政府在第9次科局长会议上通报，10天时间征集到符合要求的船只25只，其中东兴2只，广陵8只，西来2只，货营局3只，四里坝2只，粮站8只。

薛先洛一面以政府训令下达各区督促，一面决定由县公安局派出4人、执法队派出4人，由县公安局副局长戴汉忠带领，继续到各区去寻找船只。

汪青辰认为，作为老解放区，靖江人民对解放军有着深厚的情感，他们就是把解放军当作子弟兵，当作自己翻身、解放的靠山。只要方法得当，各级干部将工作做到最基层，将政策宣传到群众心坎里，完成筹集船只和召集船工的任务应该是可能的。他在会议上要求，记录好船只征集情况。沿江人民群众支援渡江，政府也要对群众有所交代和表示感谢。

3月18日，靖江县又接到一分区紧急命令，限本月20日完成一系列支前物资，其中小船60只。这项任务被分解给东兴区与侯河区完成。到3月24日，这个任务被增加到64只。

与此同时，长江工委也在为大军渡江紧张地筹集船只。

长江工委的任务是：在“以靖江西沙上四圩为中心，上起泰兴县的口岸，下至南通的天生港，大约400多里的活动地区，组织1000多艘轻快的小江船或渔船，准备给渡江突击队和第二梯队用”。

时任长江工委书记俞迺章，镇江人，抗战时期曾任澄西县副县长。1942年夏，日伪在澄西“清乡”，俞迺章率短枪队转移到靖江西沙一带活动，为了立足，他们打着“新四军六师”的旗号，组织一个灰色面目的帮会组织——“新生社”，由俞迺章出面充当“老头子”收徒弟，把大批贫苦渔民组织了起来。

为了筹集船只，俞迺章利用“新生社”的老关系，吸收了几千名社员，发了社员证和活动经费，让他们通过各种方式到长江、洪泽湖、高宝湖、邵伯湖、里下河、运河及崇明岛等四面八方去动员渔民、船夫，在两个多月时间里，争取到了1783条船。[①]

段祥富就是被长江工委动员争取的兴化籍船工。段家老少6口人，有一条12吨的渔船，终年在长江上打鱼。1949年，他从“新生社”的社员口中得知，大军要渡江，急急忙忙地跑回家，对家里人说：“我要摇船去送大军过江啦！”他的老祖母对他说：“孩子，我也去帮你摇，大军过了江，灭尽反动派，日子就好过了。”段祥富的12岁小女儿也坚决地说：“爸爸，我也要去掌舵。”就这样，段祥富一家人七手八脚地摇着船驶向支前司令部，他们主动请求参加支前，运送解放军渡江。段祥富的船被分配在靖江罗家桥港，他还被任命为中队长兼小队长，带着一支12

① 参见俞迺章《并肩战斗渡天堑》。

英雄船工段祥富使用过的修船工具，现收藏于南京渡江胜利纪念馆

条船的船队。

长江工委的工作区域包含靖江，而且靖江是主要区域，因此在华中一地委支前司令部布置给长江工委与靖江县委的任务，往往最终还是由靖江县委来承担。

3月22日，华中一地委支前司令部下达给长江工委，要求完成动员熟练船工500名的任务，又命令靖江县，要求动员熟练船工200名，合计700名。靖江支前司令部在给各区支前区队部的紧急命令中即说：

> 这个任务，虽是两个单位执行，实际上总是在靖江地区完成，为此统一决定各区任务如下，带被服碗筷，限本月28日送到。

长江工委的任务被分解给蒋华、东兴、太和、柏木、西来等5个沿江区，各动员熟练船工100名，共500名；靖江本身的任务被分解给侯河、广陵、孤山、曲霞、长安等5个内陆区，各动员熟练船工40名，共200名。

在船舶征集过程中，靖江的共产党员起了很好的带头作用。

严声甫（1906—1976），靖江新桥镇人，船民。严声甫年轻时以捕鱼为业，兼从事水上运输。1942年4月，参加抗日秘密组织“新生社”，担任水上交通员，承担侦察敌情，运送军需物资、接运及转移军队和地方干部等任务。1946年加入中国共产党。1949年渡江战役前夕，他积极参加渡江支前准备工作，训练水手，帮助解放军进行渡江演习。

周盛友，1904年生，因排行老三，人们惯称周老三。周家是渔民，全家住在一条不足一吨的小舢板上，终年漂泊，过着食不果腹、衣不蔽体的生活。1941年参加革命工作，1942年4月，参加抗日秘密组织“新生社”。1943年加入中国共产党。多少年来，不论风里雨里，不顾敌人封锁检查，只要任务一到，他便驾着小船，在敌人重重关卡中穿来摇去，为党传递宣传品与信件，接送我党人员南北往来。

1949年，人民解放军要过江了，周盛友兴奋不已，激动万分，赶到解放军某部，要求做渡江先锋船。周盛友有着丰富的驾船渡江经验，他告诉部队首长，哪里水深，哪里水浅？哪里岸坦，哪里岸陡？哪里江宽，哪里江狭？这些信息对渡江部队来说，非常重要。后来，解放军首长请他参与了渡江军务的筹划。解放军原计划用两条大船并起来，用于摆渡战马。周盛友建议，在船舱设跳舱板，使船舱浅一些，战马上船容易些，又不至于踩坏船只。这办法立即被部队采纳。

随后，周盛友又带着200多名木匠，赶制跳舱板和修船，日夜忙个不停。

在周盛友等人的带动下，靖江许多船民、渔民听说解放军要渡江作战，拉来自己养家糊口的船只，踊跃参战。有的群众把躲避国民党很长时间、劫后余生的船只，从河底拉了出来，从小河开了出来，献给部队。还有农民听说解放军渡江作战缺少船只，都纷纷“杀树”（砍伐树木），或者拿出家中建房木材、床板、门板，许多老人还主动献出自己的“寿材”木料，作为船用木材，整个靖江都掀起了支援解放军渡江的造船热潮。

在报名的靖江船工中，“新郎船工”故事格外动人。

斜桥镇江平村汪家埭的孙汉成，在姑父包老大的运输船上谋生，贩运肉猪，往返于上海和靖江新港之间。渡江战役那年，孙汉成刚刚20岁。家里帮他说了亲事，催促他赶快回家结婚，但孙汉成迟迟不愿回家，作为船工，他肯定要运送解放军渡江，枪林弹雨里必须走一回，这得让未婚妻担多少心啊！架不住家人的劝说，4月中旬，孙汉成只得回家办喜事去了。

喜宴上，孙汉成得知，在他离开后，姑父又请了一个船工，但那人是新手，连船上的工具名称都叫不出来，怎谈得上带解放军渡江。姑父喝着孙汉成的喜酒，怎么也说不出叫侄儿上船的话，只是在心里暗暗着急。

孙汉成请假在家，可心却飞到了江边。17吨的木船，坐着数十名解放军战士，就凭包老大和几个生手，能安全迅速过江吗？孙汉成是副手，能因为结婚就耽误了渡江大事吗？他左思右想，坐卧不安，最后说服强烈反对他参加渡江的父母，说服新婚妻子，果断决定，立即出发，动身前往四圩港。妻子一直将他送到靖江城，他赶路心切，竟没有跟她多说几句话，后来已成老伴的她常常埋怨孙汉成：“你那时心里根本没有我，连头也不回就走了。”

晚上部队集合时，首长在战士们面前表扬了孙汉成，他说：“新郎也赶来渡我们过江，我们应该受到鼓舞吧！我们一定要打到南京去，活捉蒋介石，解放全中国！”

丁奖兴，靖江人，渡江前任第29军第85师某连副指导员。他带领战士们和船工同吃同住同训练，还是个热心的翻译员、联络员。丁奖兴所在的连共有3条船可以渡江，配备了5名船工。但每条船至少要2名船工，一名掌舵，一名扯帆，还缺少一名船工怎么办?

就在大家着急万分的时候，一名50多岁的船工突然站起来说：“现在部队训练紧张，离渡江的时间很近了。我的女儿过去跟我在江河里行船，从小在水上长大，船上功夫她样样都会。我也要让她上船。”

两天后，一个梳着两条小辫子的18岁小姑娘来到连队报到，小姑娘说：“我看到人民解放军日夜不停地进行着渡江准备，我心里也是热乎乎的。巴不得能参加渡江呢。我从小在船上长大，如果我能亲手把解放军送过江，那该多好啊！就在我着急的时候，接到我爹爹捎来的口信，说部队还少一名船工，我听后当时跳了起来，立即取了几件换洗衣服，打了个小包就来了。来之前我妈对我说：孩子，我们家祖祖辈辈受苦，是共产党解放军救了我们，别忘了江南人民还在受苦啊。所以我一口气跑来，请你们收下我吧。”

连长高龙宝听了小姑娘的这番话，思绪万千，多好的人民啊！连里将父女俩的情况向上级作了汇报，很快获得批准，将父女俩安排在一条帆船上。

在渡江战役中获得“特等英雄”称号的田士章，老家在东兴区，从小就在船上学徒，整天在长江里生活，是位经验丰富的船老大。

抗日战争期间，他在日本人、国民党反动派的封锁下，经常护送新四军同志横渡长江。他看到共产党真心为人民，也一心帮助共产党，完成了不少艰巨的任务。田士章为人忠厚，办事公正，渔民们对他很敬仰，渡江时，一致推举他为渡江突击队的队长。他召集了不少渔船回靖江，送大军渡江。

就在渡江前夕，一天早晨，田士章突然跑到大军指挥所，悲痛地告诉首长，他的妻子就在前个晚上自缢身亡了。原来，田士章为党做了很多工作，敌人不肯放过他，但又捉不住他，就对他的妻子施暴，还趁机造谣，说什么“田士章这回可跑不了了，前几回都让他跑了，这回共产党让他渡江，他还有命回来吗”。

妻子听了这些，想到自己的伤，想到3个孩子怎么过，一急之下寻了短见。田士章悲痛万分，但他知道渡江战役即将打响，恳求首长，派人帮着家人料理妻子的后事，他自己要送大军渡江，为妻子报仇。田士章强忍悲痛，掩埋了妻子，安排好孩子，擦干泪水，走上了渡船。

靖江船工们如此深明大义，体现出老解放区人民的大无畏精神和英勇支前的献身精神。

江南虽为敌人所占据，长江也已封江，但是经过江南办事处（江南工委对外公开的名称）的努力，不少江南的船工与船只辗转来到靖江支援大军渡江。

常熟以沙船运输为业的谢二郎、谢小四、谢五宝弟兄三人，原籍海门县。1949年2月，谢家兄弟与常熟籍同行陆宝生、徐马林、洪和尚、周福宝、陈雷宝、费士康、王永芳等人共有20只船（每船载重4至5吨），奉命支援解放军渡江作战。2月12日（农历正月十五），各船陆续结集在靖江县罗家港一带，由解放军驻江小组，把船统一编组。①

也有不少船民迫于生计，冒险运货到苏北，经过动员，加入到运送大军的队伍中来。据曾任新港港长的苏大林回忆：

---

① 参见孙汉章《民船支前英雄多》，《常熟文史资料辑存第16辑：常熟解放40周年专辑》。

进入新港的船只，无论是江南的还是江北的，只要进来了，我们就跟船民做思想工作，告诉他们，解放军马上要渡江，希望他们把船留下来。结果，所有经过新港的船都留了下来。当时仅新港就收集到1000多条大小船只，其中大船29条。

范仁才和秦耀明都是江阴县南沙乡长山村（今属张家港市金港镇）人，以行船兼种田为业。农闲时，他们被船老板路福全雇佣行船，经常来往于无锡、常熟和苏州等地。1949年3月的一天，他们的船运货到靖江新港，被人民解放军征用。船被停在树阴下隐蔽起来。当时南沙去的船共有7条，船工秦耀明、范仁才、黄志福等编为一组，统一编号，秦耀明任组长。白天开会，晚上训练。

沈满生，江阴县中兴乡中圩村（今属张家港市金港镇）人，以船运为业。1949年初，沈满生驾船至靖江安宁港做生意，船被人民解放军征用。解放军把征用的船工召集在一起开会，宣传革命形势与党的政策，消除他们的顾虑。

闻永泉、闻玉泉是兄弟俩，家住江阴县中兴乡张家港村（今属张家港市金港镇），以种田和行船为生。1949年3月的一天，闻永泉和闻玉泉的船开到了如皋黄家市，被人民解放军征用，集中到江南办事处受训。办事处的余静德召集船工开会，要求他们将江南沿江港湾、通江河道、道路的路线，画出图形，向团部汇报。后来，闻永泉的船被编在29军第86师第257团特务连，5只船为一组，闻永泉担任组长。

卢生洪、陈才宝是江阴县南沙乡长江村（今属张家港市金港镇）人，都出身贫苦，以船运为业。1949年3月的一天，卢生洪、陈才宝行船装运物资去江北，船只被人民解放军第29军第85师征用。部队请他们向战士传授和训练行船技术，他俩一口答应。在部队首长的安排下，他俩先后在靖江季家市、西来庵、张公殿和土桥等地，向解放军战士和其他船工讲授行船的操作技术，指导北方战士练习游泳和负重渡江的本领。

也有江南一带的船主，因为替我地下党员运送货物来到江北，然后加入了渡江的船队。

杨汝根，常熟县沙洲区长兴圩（今属张家港市南丰镇）人，家庭贫困，与朱网根等共同出资购有航船一只，以船运为生。1948年11月的一天，他们的船停在长山边石头港，两个地下工作的同志（其中一个姓花）来和他们洽谈，要他们把船开到无锡火车站河里装货。价钱谈妥，付了定金，船开到火车站附近，由姓花的同志上岸联系，将货装到船上，上面盖了一层豆饼，半夜起航离开。船经过关卡时，由花同志上岸送些钱物给哨兵。哨兵上船检查，看装的是豆饼，就放行了。最后船抵达了如皋江南办事处，卸货时杨汝根才知道装的是药品。部队首长表扬杨汝根他们任务完成得好。1949年1月，在靖江土桥，杨汝根、朱网根的这条船被征用，参加渡江战役。部队领导请他们帮助训练解放军战士，讲授乘船、行船要领及如何看风向等知识。

申金才，江阴县要塞区石牌乡徐家村（今属江阴市城东街道）人，出身船民。1949年初，国民党已经封锁长江，两军对峙气氛紧张。当时有个姓马的地下党员，装扮成商人向申金才租船，说要运货到苏北去。申金才知道这时过江，船只经常要遭到国民党的大炮轰击和军舰拦截，而马商人要运送的又是“私货”（指当时中共地下党秘密购置，供应苏北解放军的军需物品），会带来很大危险。但申金才还是爽快地应承下来，在当天夜里驾船过江。凌晨时安全地抵达对岸，把这批军需物资及时送到了季家市解放军驻地。

这艘船上共有4名船工，除了申金才还有徐礼兴、徐小才、徐才林等3人。到了季家市时，解放军指战员正在积极备战。他们被战士们的战斗热情所感动，便要求留下来参加渡江战役。白天，他们接受形势教育；晚上，投入紧张的渡江训练，并教解放军战士游泳、摇橹、把舵，掌握渡江掌船的本领。

詹留金是张家港一带有名的老土匪，此人驾船技术极其高超，且有江湖义气。渡江前夕，沙洲地下党陆英、查小龙等发现他藏在靖江新港的船上，不敢露面。地下党决定动员他为渡江战役出力，立功赎罪。时任中共华中一地委工委组织部部长焦康寿亲自找詹留金谈话，晓以政策，交代任务，詹留金欣然应允。渡江战役打响，他承担了驾船运送29军军长胡炳云、政委张藩等军部首长的重任。在惊涛骇浪中，詹留金以娴熟的驾船技艺，确保了29军核心指挥机关的安全，为顺利完成渡江战役东线作战任务发挥了关键作用。

就这样，通过各种渠道征集来的船只源源不断地集中到靖江沿江各河港。为了方便管理，自西向东的青龙港、夹港、五圩港、新港、张黄港等通往长江的大港口，都安排了港长，由当地有威望的船老大担任。港长在渡江前，负责收集和管理船只，帮助部队管理船工。张黄港港长展老二有关系，身边每天有4面旗帜，每天可以从江南开4条船过来。这些船只都被解放军征用，投入到渡江战役中。

至4月14日，下达给靖江的渡江船只筹集任务，基本得以完成。所有船只统一由长江工委分派，交给部队，让他们统一指挥。

征集来的船只有的船况很差，破旧不堪，无法承担运送大军的任务，抢修船只便成了当务之急。

2月20日，第23军军长陶勇率军部到达靖江新丰市，他派人到下四圩港将俞迺章找来了解船只的情况。

俞迺章汇报说：“大部分船只都很破旧了，有些是敌人破坏的，篙、橹、跳板、挡水板等被敌人抢去了；有的是因为渔民、船民穷，篷、桅杆、索、舵等烂了，坏了，无力修复。这些船不修好，渡江要出危险。”

陶勇说：“这些船一定要抓紧修好。由我出面向地委联系，等原料和工匠到了，我们一起督促检查，把船尽早修好。”

不久，渡江指挥部就和地委一起从苏北各县收集了木材、竹子、桐油、石灰、麻丝、钉子等修船的原材料，集中了许多工匠，日夜突击，到3月底就将损坏船只全部抢修完毕，保证了渡江需要。

有了船，还需要大量的船工。在筹集渡江船只的同时，靖江还动员了700多名船工、水手参战。

靖江襟江临海，渔业资源丰富，但本地土生渔民不多，沿江港口散居谋生的多为外来渔民，主要来自湖北鄂城（称湖北帮）、安徽芜湖（称安徽帮）、江苏苏州（称苏州帮）及泰州、丹徒等地。这些外来的渔民虽然都保留着各自的风俗传统，但融入本邑后，逐渐由水上转变为陆上定居，每逢渔汛来临，才全力“出海”。

渔民们从事捕捞生产是个体行为，生活却分属帮派，由德高望重的渔民担任帮主，协调各帮派之间事务，也监督本帮渔民严格遵守帮规和族规。沿江一带不仅渔（船）民很多，不少农民也以捕鱼为副业。旧时渔（船）民生活很艰苦，常遭受日伪、国民党的抢劫、凌辱、杀害，以及渔霸的敲诈剥削。

抗战时期，中共靖江县委立即组织工作队向渔民进行宣传发动，开展建党工作，并创办渔民合作社，成立长江渔民工作委员会，运用各种方法，领导渔民和敌伪、渔霸作斗争。

1948年10月，通过长江工委的努力，许多船只停靠江北各港汊，准备迎接大军南下。由于敌人封江，这些渔民生活无着。长江工委通过抢割恶霸地主的芦苇维持他们的生活。后来又分了一些滩田给这些船工，但已是冬天，无法播种，到开春时，船工们的生活已经难以为继。

23军进驻靖江西部沿江地带后，俞迺章把船工们的生活窘境向军长陶勇汇报。

陶勇当即表态说："这些船工的粮饷由我来发。"

于是，从第二天起，凡是为23军渡江服务的船民、渔民，每人每天2斤米、2斤菜、5钱油、5钱盐，一星期吃一次肉，会喝酒的每人每天半斤泡子酒。缺衣服、缺被子的，一律照发补给。生病的由团卫生队负责治疗。渔民、船民和长江工委的干部都非常高兴，都说23军气量大，群众工作做得好。

新港港长苏大林回忆说：

船多，船民也就多。为了让船民安心留下来，一方面，我们要动员他们，做好他们的思想工作；另一方面，我们也要供应他们吃饭。当时，他们的吃用全部由公家来，供给与部队是一样的。我每隔几天就用船到粮库（当时也叫随军供应站）去领粮，回来后再分发给各个船工。从收集船只开始到运送部队过江这一段时间，一直如此，船民都说：我们天天吃共产党的粮，共产党对我们这么好，如果不帮他们过江，实在说不过去。

为了鼓励船工，解决他们的后顾之忧，军队与靖江地方机关还共同制定了《支前船工家属生活补助办法》《船工伤亡优抚条例》，以及《船工立功证》颁发制度。

除了在生活上关心体贴渔民、船民，驻军与长江工委在政治上很注意调动渔民、船民积极性，十分注意部队、地方与群众的关系，总是想方设法加强军政、军民之间的团结。

23军军长陶勇到新丰市的第二天，就要求俞迺章把过船港、龙梢港、七圩港、界河与青龙港、夹港到上四圩5个工作组的正副组长、长江工委的情报站长和渔民中的骨干中坚分子，统统替他请到军部，与23军各师、团的领导同志一起，开了个座谈会。

大家各自介绍一番后，陶勇宣布了哪些部队与哪个工作组联系，军政挂上了钩。他在会上说：“长江工委的同志，你们有什么事就直接找驻在你们那里的师长、团长，他们办不了，就找我陶勇！我们部队的同志，你们有什么问题，就直接找你们那里的长江工委的组长和工作同志，他们解决不了，就找他们的书记俞迺章同志。总之，咱们军政一致，军民一心，密切合作，确保顺利渡江！”

陶勇还要求各师、团请长江工委的同志去介绍准备情况，谈民情、敌情，请老渔民、老船民给部队诉受国民党反动派欺压的苦，讲为新四军服务的传统，谈长江航行的常识等。

于是长江工委的干部们每天时间安排得紧紧的，被请到各个部队作报告。一些老渔民、老船夫也纷纷登上了部队的讲台。23军一开这个头，28军、29军、31军纷纷效仿。

夏仕港以西的蔡家埭，驻扎着第29军85师253团2营4连。渡江前，该连组织多次诉苦大会，邀请长江工委的同志及部分船工参加。一位姓钱的船工主动上台要求发言。他声泪俱下，控诉了当地渔霸对渔民的压榨和盘剥，激起了与会者一致的声讨。

渔民周志洪说：“我就是个打鱼的，没谁强迫我做船工，但我一定要带着解放军渡江。江南江北被国民党封锁了，我们好几个月不能打鱼，家里早就揭不开锅了。以前打鱼的时候，常常被国民党、还乡团欺负，辛辛苦苦忙一年，剩点血汗钱，都被他们敲竹杠搜刮走了。看看我妈、我老婆和女儿，没有一件好衣裳，吃了上顿没下顿。解放军走到哪里，哪里就太平了。什么是太平，没有蒋介石，没有国民党敲竹杠，就是太平！”

其他船工也纷纷站出来，拍着胸脯保证，一定把解放军送过长江去。

通过这样的军民互动，船工们上了一堂生动的阶级教育课，政治意识更加坚定，同时，指战员的阶级仇恨被大大激发了，鼓舞了部队的士气，使部队对完成渡江任务的信心更足了，决心更大了。

为了鼓舞斗志，进一步融洽军政军民关系，俞迺章向陶勇建议，开一个渔民、船民的评功授奖大会。陶勇很赞成。他说：“抗战时期，解放战争开始到现在，靖、泰、如这一带的渔民、船民为革命做出了很大的牺牲，及时表彰他们的功绩，是完全必要的。”他要求长江工委一定要把工作做细，凡是为革命做出贡献的，船一条不能漏，人一个不能少。

经过充分准备，长江工委和23军一起在蒋华桥开了一个评功授奖大会，把23军地段的所有渔民、船民都请了去，部队也去了近千名代表。会上，宣读了表彰的命令，军政治部主任谢云晖代表军队讲了话，俞迺章代表长江工委讲了话，受奖的渔民、船民代表秦长贵等发了言。然后，俞迺章和谢云晖给所有立功受奖的一个一个发了奖旗。

表彰大会大振民心，大鼓士气。渔民、船民们纷纷表示，

“共产党、解放军从不亏待有功之臣，这次送大军渡江我们更要拼命干了！”[1]

这么多船在一起，管理是个大问题。

长江北岸的很多港口，都被国民党的大炮、军舰和飞机封锁着。一旦发现北岸舟楫，就会派飞机过来轰炸。1949年初，集中在柏木区安宁港一带的船只曾遭受敌机袭击，炸坏9只船。长江工委立即采取措施，动员沿江船只进行防空伪装。

靖江本身港汊纵横，大多由北向南，直通长江，港边又多树木与芦苇，只要把船只开进内港，就可以把船只隐蔽起来。此外，靖江又是竹乡，家家屋后都有绿荫如盖的竹园，只要把船只开进屋后的小河，借助竹园也可以隐蔽船只。

船工盛兴保回忆说：

> 一到夜里，我们就进入五圩港，五圩港两边也是竹林，船在里面，外面就看不到，便于隐蔽。白天我们就用竹子铺在船篷和船帮上，把船伪装起来，防止敌人的飞机过来丢炸弹。夜里，部队就上船来训练。

靖江关于船只的隐蔽工作做得很好。

---

① 关于23军陶勇军长与长江工委俞迺章的互动，均见《并肩战斗渡天堑》，《情满千帆》。

渡江前夕，船工们把船只运到长江去

黄云芳，靖江新桥人，渡江战役时为第23军第67师文工队指导员。据她回忆，渡江战役打响后，她抵达江边时却没有发现船只，正在纳闷，忽然“从西面密密的芦苇丛中，随着哗哗的水声，一下子出现了几十条小船，像变戏法一样。”

战友们高兴得纷纷赞叹：真神了！

当队长知道黄云芳是靖江人后，伸出大拇指说：“指导员，你们靖江的工作真了不起哦！”

除了做好隐蔽，还需要设置防空保护。

当时，以港为单位，有界河、青龙、八圩、雅桥、大港和下六圩港等，集中停泊船只。新港作为大港，停泊的船最多。大吨位的船只也都归新港管。大船不能进港，就留在港口，所有小船全部调到内河里，如红河埭和姚家湾，这些地方的内河里都塞满了小船。

因新港附近的河港停满了船只，为了防止敌人来轰炸，解放军在罗家桥一带设有40多挺高射机枪，用于对付敌机。有了保护，敌人的飞机不敢贸然来轰炸。

对船只采取这样双重保护是卓有成效的，靖江收集来的船只基本没有损失。

五　厉兵秣马

当渡江部队陆续开到长江北岸，许多战士第一次看见长江，第一次面对如此宽阔汹涌的河流，心里也一下子没了底。

在部队从整训地向江边开拔过程中，不少干部战士就在谈论关于长江的话题，一些民间的俗语谚语也在传播，比如“无风三尺浪，有风浪滔天”“江无底，海无边，秤锤落底也要三天”等等，这些带有夸张色彩的民谚加深了战士们对长江的畏惧。

如何解决部队南下过程中出现的此类新情况、新问题，各级党委一面加强政治思想动员，一面发扬军事民主，官兵共解渡江难题，开展争当“渡江英雄”和“渡江模范”等活动，使广大指战员进一步坚定了渡江必胜的信心。

1949年3月中旬，第23军第69师207团进驻靖江新桥唐家圩，他们刚放下背包，就针对渡江作战的特点开展有针对性的技术、战术训练。

部队战士多数是北方人，“旱鸭子”较多，首先要做的就是学习游泳、划船，克服对水的恐惧，把战士们从“山里猛虎”训练成“水中蛟龙”。靖江支前司令部组织了500名渔民、船民，做起了战士们的老师。

时值初春，冰融雪化，大地开始吐绿了。但是，春寒还未退尽，河水还是冰凉的。战士们穿的还是棉衣。为了学会浮水，准备即将在水上和敌人激战，战士们毅然脱掉棉衣，只穿一件小裤衩，跳进河水里、江水里。有的在浅滩试水，有的抱一根毛竹在较深的水里划来划去，有的伏在门板上、有的捧着一捆芦苇尝试泅渡。浅的地方独自进行，深的地方由一两名老师保驾护航。白天在内河，晚上到江边，没日没夜地泡在水里扑腾。许多人冻得嘴唇发紫，牙齿打架，全身筛糠，但没有一个人叫苦，也没有一个人停歇下来。刮风了，下雨了，寒气更重，但战士们认为这是训练的难得机会，就顶着风，冒着雨，在水里训练。他们相互往头上浇水，比赛游泳、扎猛子，有时还比赛摸鱼抓虾，可把江河里的虾兵蟹将们惊吓得不轻。

靖江江滩芦苇丛生，淤泥很深，有的战士在训练中被苇茬扎破了脚，陷掉了鞋子，他们和渔民、船民们一起想办法，把鞋口接上布片，把鞋子变成了靴子，紧紧地扎进绑腿布里，很好地解决了问题。

慢慢适应了“水”以后，再来适应“船”。

上船和下船，渔民和船民们如履平地。可是有些战士从来没有和船打过交道，走那块窄窄的跳板，对他们来说就像走钢丝一样。更何况，跳板下面就是浪打浪、水拍水。在黑夜里上船，就曾发生过战士掉进水里的情况。到了船上以后，站立不稳，只得互相扶持。更要命的是，有的战士晕船。水面稍一颠簸，船只转几个弯，就晕头转向，不知东南西北。严重的还呕吐不止。上船之前，生龙活虎，上船以后，不过三五天工夫，一个个眼窝就凹陷下去了！

渡江前线创造的一种轻便的单人渡江木架

为了解决晕船的问题，首先要在陆上训练。训练的方式有荡秋千，还有浪桥（木板、门板等制成）。等在陆上适应之后再到水上，主要是在船上进行，训练如何克服晕船现象。

战士们练得很刻苦，首长下命令休息，但是战士们不肯，一有空闲，就上船下船，练得不亦乐乎。短则几天，长则一二十天，他们很快培养出了新的习惯，克服了晕船的症状，再也不怕狂风，不怕巨浪，不怕船只自身的辗转腾挪了。在渔民、船民手把手的教导下，有的战士还学会了划桨、掌舵、使用浮架（船上救生器材，系毛竹或原木制成），成为名副其实的水手了。

后来渡江时，第一梯队各突击连的每个战士都配发一把木桨协助划船，另有一个浮架，以备船被击毁，人落水后能继续进行战斗。

当然，光适应船上行走、船上站立还不行，还得腾出手来，完成水上射击、滩头爆破和登陆突破等军事作业。特别是水上射击，更是战士们练习的重点。战斗一旦打响，尤其是船队接近敌岸的时候，如果没有足够的火力射击，怎能有效反击、甚至压制敌人，减少我军伤亡，保证登陆顺利？

作为第23军的先锋突击团，第207团在渡江之前，已经培训出了120多名合格的水手和爆破手。渡江时，第一梯队各突击连，均用部队培训的水手掌舵。

单兵练好了，再练协同，先练航渡队形的协同。

平时，战船都是隐蔽在河汊里，或者在有遮挡物的船坞里。靖江是竹乡，沿江一带竹林很多，白天，渔民们把竹子铺在船篷和船帮上，把船伪装起来，防止敌机飞过来扔炸弹。到了夜间，仍然要求隐蔽，以免被敌人的炮兵所发觉。一旦渡江作战命令发出，就要做到千帆竞发，百舸争流，以迅雷不及掩耳之势，驶入宽阔的江面。按照战斗序列和战斗单位，一字排开。

为数众多的木船在水上漂来穿去，如果没有极其熟练的技巧，没有铁的纪律，是无法实现战斗编组的。为了保证在任何情况下，船队始终是一个战斗集体，既能分开迅速向敌人接近，又容易形成拳头，集中力量打击敌人。各部队在白天或黑夜，甚至在刮风下雨的情况下，进行了多种的演练。

演练按渡江要求，组织船队，编成航渡队形，明确指挥、联络方法，保持航向直驶登陆点，战士们指战员们得到了锻炼，有了实际体会，有利于打破对渡江的一些顾虑。

除了参加突击队的战士进行航渡队形练习外，部队的各种人员按照战时要求，结合自己的业务，也进行了练习。通讯员练习水上通讯联络，卫生员练习水上抢救伤员，电话员练习水上架线，饲养员练习保证随战斗部队把骡马送过江。各种人员不能掉队，要紧跟战斗部队，成为战斗集体中的一个成员。通过练习，一般一个连队达到了航渡速度平均每分钟70米，靠岸后全连只需半分钟即可登陆。

紧张的战前练兵

然后是练指挥联络的协同。各个作战单位根据自身不同情况，都研究、规定了特殊的指挥联络信号。有的单位在船尾上点一盏小红灯。这只小灯前、左、右三个方向都看不见，只有靠后方才能看见。在江南岸看江北面，江面一片漆黑。在江北岸看江面，可以看见江面上星星点点，以燎原之势，向江南席卷而去。207团则用一根粗绳子，从团部拉到各营，从各营拉到各连，从各连拉到各船，时间一到，团部绳一拉，不用任何声音或火光作号令，第一梯队两个营的所有船只，就能同时得令起渡，省掉了全部传送命令的时间。

接着是练步兵炮兵的协同。按照实战的要求，进行了详细、准确的观测。敌人沿江的阵地，全部都在解放军大炮的射程之内。为了做好步炮协同，我炮兵进行了试射，确保达到理想的效果。

此外还有攻占滩头、夺取敌堡、巩固扩大突破口，发展进攻等战术的练习。根据敌人阵地布置、防御设施，研究攻击战法，开展军事民主，激励大家动脑筋出主意，而后即制成沙盘兼以实兵进行反复演练。

在部队开展战术、技术训练期间，团指挥员每日不是下部队就是化装到江边观察敌情、地形，思考攻击战法。这样既可指导部队训练，又有利于实战时进行战场指挥。

协同练好了，就展开演习来检验。

根据登陆地段情况，找出相似的地形，提出假想，进行分队综合演习。演习前，指挥员都分批到江边观察对岸地形，观察登陆点和敌人的设防情况。摆成沙盘，向战士们介绍。开“诸葛亮”会，研究航渡和登陆攻打滩头阵地的作战方案。然后按敌人的阵地设防特点，布置“敌人”阵地，开始演习。这种演习在晚上进行，无论是刮风，还是下雨，一律照样进行。有的部队演习三四次，一直到战士们对战术要求和作战技能熟练掌握为止。在4月19日以前，各部队的分队演习，都达到了临战要求。

恽汉文，时为23军69师战士，他后来回忆说：

1949年2月，23军就进军到长江北岸靖江八圩港地区扎营练兵，准备渡江作战。部队领导视察了长江北岸情况后，与北岸地方干部和民兵商讨，召开一个“诸葛亮”会议，大家来献计、献策，克服渡江种种困难。同志们信心十足地说：共产党人怕就怕“认真”二字，占了这二字天大的困难也能克服。地方干部和民兵告诉我们，内河浜里还有木船能过江，只要我们齐心协力定能战胜敌军。

三四月是雨季，气候常时阴时雨，部队要在内河浜里练上下船登陆演习，河浜狭小遇到雨天泥滑，肩上扛着沉重的马克辛重机枪和背着六〇炮盘过跳板，一不小心滑跌下滩河时手脚受伤疼痛，衣服湿透。同志们没有一个有怨言，跌倒爬起再练。船老大耐心教，部队同志虚心学练。经过艰苦训练，部队同志也基本学会撑篙、划桨、摇橹、升篷等。后来部队独自在内河练航行登陆，也有了明显进步。

之后各部队召开了宣誓大会，写决心书，有的还用嘴咬破自己手指喝血酒，齐喊“打过长江去，活捉蒋介石，解放全中国”。[①]

招德孚，23军68师202团2营机炮连政治指导员，他也有这样的回忆：

我团由山东峄县北面向南开进，经22天行军于3月11日到达泰州地区，进行渡江作战的准备，……对部队进行思想动员，打破对长江天险不可逾越的思想顾虑，请熟悉长江情况的同志讲解，并进行练习划船，对敌情、气候、潮汐作具体的调查，反复观察地形、训练船工和水手、航行学习，上下船动作，战斗队形，水上射击，步炮协同，通讯联络，普包互救，登陆突破，纵深战斗等训练，开展查思想、查决心、查进步、查准备的四查活动，号召当渡江英雄，勇于吃

① 常州市新四军历史研究会编印，《百万雄师过大江》，《为祖国征战的岁月（下）》。

苦耐劳，不怕流血牺牲，自觉遵守三大纪律八项注意和入城守则，召开渡江誓师大会，指战员意气风发，群情激昂，纷纷上书请战：打过长江去，消灭蒋介石，解放全中国。[1]

宝剑锋从磨砺出。经过一段时间的训练，各级指战员学会了各种渡江作战的技能，克服了对水的恐惧，情绪高涨，信心百倍。

据4月11日第23军的一份《目前部队思想情况汇报》：

结合技术学习，打破了各种技术上的顾虑，如206团二机连原有7人会划船，现有45人会划船，原有9人会掌舵，现有26人会掌舵，过去有些人害怕船至江中船老大牺牲，这种顾虑自然就消除了。如206团1营集中了懂得或坐过兵舰的同志研究兵舰的性能，找出其弱点十几条，并想出办法对付它。有人说："如果一到这里休息三五天才过江的话，我看好多人都没信心，现在好了。"207团在长江中实行渡江演习，这次演习增加了大家不少见识，打消了大家很多顾虑，对长江不再害怕了，过去什么"无风三尺浪""无边无岸"的夸张说法都被打破了。大家反映："有风才半尺浪！""还没有黄河水急呢！"过去演习中担心船小不能过江，现在知道了要用小船才好，又快又不易暴露目标。

① 参见《光荣历程——东南大学老干部革命回忆录》，东南大学党委老干部处1999年7月编印。

在江中演习时只见自己的船，见不到敌人的兵舰和汽艇，对兵舰汽艇不再那么过分顾虑和恐惧，过去过分担心船夫胆小不沉着，演习中见到船工很多是表现镇静、胆大，架跳板弄船等动作迅速，大家认为只要下船时肃静，从沙滩上去，岸上的敌人是不易发现的。

在反复演练的基础上，经过反复摸索，渡江部队确立了一套适应渡江作战的战术原则：正规强渡与事先偷渡相结合，以强渡为主，以偷渡为强渡创造条件，各级干部靠前指挥，过去一个连，团长要过江，过去一个团，军长要过江，不仅加强了航渡中的组织指挥，而且便于在登陆后收拢部队，成建制投入纵深战斗。

不只是步兵炮兵在演练，为了保证渡江通信联络的顺畅，切实地保证指挥，通信部门也展开了紧张的练兵。

据第28军第82师通讯科长吕会英回忆，当时通信部门主要的练兵方法有：

无线电人员主要熟练使用机器和背诵密语表，步谈机员都是选调来的优秀战士，他们通过训练，熟悉机器的使用，背诵关键的十几条暗语，并且要求他们紧跟指挥员行动。

有线分队训练：各种地形上的线路选择和架设，特别是渡河沉设线和高架，遇公路埋设，滩头开设电话站以及登高训练、利用敌占区架设明线通话的规定，还进行夜间找方位运动的训练。

徒步通信员进行识别路标、设置标灯、挥旗、背诵战斗联记口令、夜间判定方位的训练，以及如何机动灵活地完成任务。

步兵连队和炮兵电都进行了熟记战斗联记和口令使用训练。

各通信分队还普遍进行乘船摇橹的训练，以及在水网地带作战，简易渡河器材的搜集和使用等常识教育。

以上训练，有的在白天进行，有的在晚上进行，也有几次是按照战斗编组，在港内乘船进行实战演习。[1]

渡江战役除了解放军指战员，还有很多地方干部、船工、民工参与其中，他们的思想认识、心理素质、技术手段也需要通过训练来提高。

渡江时，紫石县（今海安市）有一位干部带着民工支前，来到江边一看，风大浪高，江面又这么阔，吓得他丢下民工就跑了，后来受到了处分。

1949年2月下旬，靖江共征集随军渡江民工6000多名。3月中旬，这支民工队伍由队部负责同志带领，各区带队，分路出发，前往紫石县李堡集中整训。整训期间，开展了诉苦和表决心运动，人人刺血按指印，保证完成任务，集体和个人掀起了夺旗运动，“真决心假决心，行动之中看分明”，民工的思想觉悟、革

---

① 江西省军区党史编，《28军渡江以来的通信工作》，《忆解放战争》。

命激情空前高涨。

渡江前，2800名常备民工由民工总政治部主任陈仁带领，从如皋前往泰州，路经苏陈庄时，遭敌机轰炸，死伤16人，却无一人逃散。正是经过了整训，民工们服从命令，听从指挥，体现了高度的组织纪律性。

渡江战役需要大量船只，有了船只还需要船工与水手。这些船工与水手不怕风浪，但不会开枪放炮，没见过弹雨纷飞的真实阵仗，所以同样也有很多教育培训的工作要做。特别是一些年岁大的或者妇女，他们的身体、心理素质和实战要求比起来，差距委实不小。

船工的人员构成比较复杂，有内河船工，也有外江船工。内河船工平时种地，农闲利用船只在内河打鱼捞虾，或者跑点生意。这类船工水上驾驶技术一般，多在本地水面上作业，在大风大浪里能否经受考验，在战斗危险时刻能否顶得住，都没有把握。但这些船只又是渡江的第一梯队，冲锋在前，只能前进，不能后退。外江船工以江湖为生，敢于冒险，走南闯北，饱经风浪危难。他们性格豪爽、强悍、勇敢，一般不畏惧战斗。但是他们爱面子，讲究吃喝，讲义气，是一些所谓江湖好汉。他们生活富裕，政治觉悟低。他们的船都是大船，也有相当一部分人参加第一梯队作战，承担着运载重型火器的任务。因为船体较大，目标明显，也会成为敌人打击的重点对象。

船工们除了少数船主以外，绝大多数都是穷苦人家：上无片瓦，下无寸地，风雨交加，饥寒交迫，东飘西荡，饱受国民党反动派的压榨。一些船工曾被强拉到对岸，替国民党修过工事，亲眼看到江南碉堡一个接着一个，机关重重。他们虽然不懂军事，但是依江生产、生活，对国民党的江防力量心知肚明：上有飞机，下有军舰，岸上还有扬着脖子的大炮。因此，也有极少数的船工情绪低沉，有的公开表示不愿意干，甚至直接开了小差。另外，船民们靠水吃水，生活中有很多忌讳，规矩很多。比如说，船帆不得叫帆，而要叫船篷；盛饭不能叫盛饭，而要称装饭；吃饭后不得将筷子平放于饭碗上，而应另放桌上；乘船发生危险时不得胡言乱语，不得丝毫紊乱，以免影响人心；长江中有“江猪”，大的可将小船撞翻，所以船民们禁止枪击，不得惹祸。

针对这种状况，人民解放军各级政治干部都深入到船工中间，和船工一起劳动，一起生活，交知心朋友。他们帮助船工维修船只，例如上油、补帆、擦船，还帮助船工劈柴、看病。有条件的地方，帮忙上街买菜，等等。尊重他们的习惯，融入他们的风俗，从各方面同船工们接近，在感情上与他们密切起来。人民解放军干部和战士的行动，使船工们深受感动，原来对解放军敬而远之的船工们，和解放军渐渐亲热起来。在交流和沟通中，船工们倒苦水，找苦源，挖苦根，把仇恨集中到了国民党反动派身上。大家开始明白了：不打过江就不能翻身得解放，树立起了

解放军冒着严寒下水训练水上作战

“打过长江去！消灭反动派！”“有船出船，有人出人，支援解放军过大江”的坚强决心。

决心有了，但是顾虑也不少。盘旋的飞机，轰鸣的大炮，确实让人头皮发麻。因此，在政治思想教育的同时，也对广大船工进行了一定程度的军事技术教育。通过教育，他们可以知道解放军的战术要求、战术动作、登陆地点，以便他们准确掌握方向。部队干部向他们讲解，演习时让他们观察，逐渐让他们熟悉作战环境，懂得根据飞弹的声音，来辨别子弹的高低、远近。

有时候，也让一些有经验的船工现身说法。有个青年船工说，他什么都不怕，就怕飞机。一个老船工说：“乌鸦成群在你头上过，不知多少千、多少万，一遮遮着半个天，能拉几泡屎在你的头上。那么大的长江，几架飞机，丢炸弹怎么也丢不准。”还说：“军舰更不可怕！不用说我们的大炮会打它，就是让它打我们吧，在江里，敌人在动，我们也在动，想打中我们小船还真不那么容易。炮弹一响，水翻浪滚，小船走得更快。”群众用亲身经历教育自己，大大减少了恐惧心理，树立了必胜的信心。

在这场大练兵的运动中，船工、渔民教会了战士掌舵、划桨、撑篙、扯篷、游泳、潜水等本领，解放军战士利用政治工作优势，对船工进行阶段教育，还教会他们一些基本的军事技能。

群众的创造力是无穷的，在训练中还创造许多新技能，比如用芦柴扎成三角形的救生圈，用猪尿泡吹气绑在腰间做救生衣，还用木材扎成10米多长、4米多宽的木排，装上汽车引擎，垒起棉花胎，架上轻重武器，制成了“水上土炮艇”等等。

在这场伟大的战斗中，充分发动了官兵和群众，人人动脑筋，大家想办法，集中了全军指战员的才能，调动了沿江群众的智慧，官教兵，兵教官，民教兵，兵教民，众志成城，在短时间内完成了水上练兵任务，创造了许多高效的战术和战法。比如：

每只船要多准备几块跳板，可以分路上下船，动作快；

跳板最好宽一些，板上最好用粗绳捆起间隔来，使它不滑；

要多准备几根篙子，以便接近岸时集中力量撑过去，迅速登岸；

准备小型轻便梯子，以便爬堤岸打敌人；

组长以上的干部都准备一根竹竿，以便测量水的深浅看能否下去；

准备长绳以便需要时拉着绳子下水探险，或急救落水人之用；

船上可铺点草，以免下船发出大声响；

穿鞋登船有声音，战士们就赤脚上下船；

铁锚链响声大，不易隐蔽，用绳子代替铁锚链。

敌人在对岸江边设有木桩，以阻止解放军船只，增加解放军伤亡，延缓解放军登陆。大家反复试验，寻找解决办法。在大家的共同努力下，终于提出了一个“直冲而过”的办法，把敌人的木桩阵破了。

若论在这次渡江战役中最重要的发明，无疑是第23军第69师第207团的“半帆待命”。

作为渡江先锋，第207团的首长们既兴奋，又倍感压力。吃不下饭，睡不好觉。因为大家都清楚地知道突击团的任务非常艰苦。第一，在发起攻击时，对于敌人重兵把守的长江天险，必须首先突过去；第二，突上岸还要站住脚，为后续部队登陆创造条件；第三，要连续作战，向纵深发展。

团参谋长袁俊思路敏捷，他说：“因为我们是乘坐帆船过江，要争取首先突破，又不要把实力过早地暴露在敌人面前，就必须让我们的船比友邻起渡快，而且越快越好。我看，还是要在船上做文章。”

经他这一提示，大家开始讨论起来。议论中，大家感到，起渡主要耽误在解缆、起锚和掉转船头上，倘若出击前一定时间内所有船只都不系缆、不抛锚，命令一下就放船，不就赢得时间了吗？这法子到底是否可行，要让团政治处主任汪致华亲自找船老大们商量后再定，因为他负责管理船只，又从小生活在长江边，对当地风俗、民情、船情、水情等甚为了解。

结果，事与愿违。第二天汪致华带着失望的心情回来了。一问，才知道那办法是不成的。长江风浪那么大，小木帆船一失去锚缆，就很容易飘到江里去；几下碰撞，小船就碎了，再说，敌机天天在上空盘旋，船飘了出去，容易被敌人发现解放军意图，招致空袭。

得想别的办法固定船只。

真是人多出韩信，智多出孔明。一天，副参谋长戴本立兴冲冲地跑回指挥所，讲了用人固定的一些办法。

接着，部队又去找船老大们商量。终于，经大家商议形成了这样一套妥善办法：在发起冲锋前一个小时左右，把所有第一梯队渡船隐蔽在岸边。船头都向对岸，让战士每人拿根木棒，插进船下的泥沙中，用劲撑着，这就把船牢牢地固定住了。

在大家的讨论过程中，靖江唐家圩（今属新桥镇）的船工老王突发奇想，他说："开船时最费时间的事，要数升帆。到时候黑灯瞎火，心里都火急火燎地急着开船，如果帆绳乱了就麻烦了，非落后不可。可不可以在待命时，把船帆升上一半，以船能稳住为度。得令后，只要猛力一拉，就是满帆，可把理帆绳的时间也省下来。"

杨绍良团长听后，十分称赞这一办法。最后在总结时说："明晚再出港演练一次，如成功了就全团实行，起个名字，就叫'半帆待命'吧！"

第207团政委佘景行后来总结说：

"半帆待命"战术是以最快的动作，最少的牺牲，突破敌人江防的各种手段的总称，是渡江先锋突击团的战术基础，没有"半帆待命"就没有"渡江先锋突击团"的荣光。它的实施，使207团的第一、第三两个先锋突击营1000余人，只用了16分钟时间，就渡过了宽达4000公尺、激流汹涌、历称天堑的长江。突击营无一伤亡以比较集中的兵力砸开了敌重兵驻守并妄称"固若金汤"的江防；俘虏了好多还未清醒过来，只穿短裤汗衫的敌军；牢牢控制了江阴县王坍港两侧2公里左右的阵地；有力地击退了敌军的多次反扑，不断扩大突破口，保证了上级提出的"一举登陆，钉住钉子，坚决打垮敌人反击，站稳脚跟，保证后续部队源源登陆"的作战指导思想，以及"以偷渡为主、结合强渡"战术手段的圆满实现。

1949年9月，第23军在浙江省嘉兴市召开团以上干部参加的渡江战役总结大会，军长陶勇称赞："半帆待命"战术是一项重大创造。[1]

在训练中还碰到一个问题，由于征集来的船只大小、样式和

① 佘景行,《"半帆待命"战术创突击渡江奇迹》,《情满千帆》。

船帆陈旧情况都不同，船老大的经验也不尽相同，到时可能出现这样一种情况，出发时间一致，船在江中行动和到岸时间却不一致，建制一时混乱，如此这样就不能迅速恢复原有战斗队形，不能形成战斗力。为此，207团首长一方面号召大家要做好“人自为战”“班自为战”的精神准备；另一方面要求各级指挥员独立指挥，并主动向上级指挥员靠拢，比如连长就可高喊一声：“我是连长，听我指挥。”这时附近不论哪个连的排到了，就该呼应：“我是排长，听你指挥！”从战士直到营首长都这样。以此较好地解决了这一问题，保证了“半帆待命”行动的有效实施。

事实证明，各个部队开展的渡江准备与水上演练对渡江战役的成功起了极其重要的作用。三野司令员陈毅高度评价了这次练兵，他说：“这次坚韧卓绝的渡江准备，把北方人变成了南方人，把陆军变成了水军，把浩荡长江变成了平阳大道。这是奇迹，这些都是广大指战员与人民群众共同研究的结果，是他们智慧与血汗的结晶。”[①]

① 刘统,《解放军史鉴解放军史1945—1949》下册，青岛出版社，2013年1月。

六　军民鱼水

我们是靖江人民用双手托着渡过长江的。

这是第23军指战员在胜利渡过长江后，发出的由衷感叹。伟大的渡江战役之所以能够取得胜利，除了英勇的解放军指战员的不畏牺牲，浴血拼杀外，更多的是靠人民群众的广泛支援。

在渡江战役期间，有近20万解放军官兵曾屯驻靖江，靖江民众倾力支援，“要人有人，要船有船、要粮有粮”，靖江民众与解放军官兵之间军民鱼水情深，留下了许多佳话。许多年过去了，靖江的耄耋老人还记得那一个个穿着草绿军装的年轻身影，而靖江的短暂停留也成了许多解放军指战员日后美好的回忆。

唐如金，离休前任第23集团军副军长，渡江战役时为23军68师202团某连连长。他后来回忆从靖江参加渡江战役的往事，写过一篇《忘不了的靖江情》，文中说：

经过20多天的行军，202团到达靖泰地区集结，3月21日开进七圩港进行紧张的渡江准备工作。

七圩港及靖江新桥、夹港一带大部分是渔民，生活艰苦，条件很差。一个小村庄驻军几百人，有的几个连挤在一处，住房很紧张。老乡们为了方便部队训练管理，不等动员，就纷纷把好房、大房让给部队，他们有的两家合并住，有的三代挤一堂，有的让出房子搬到牛棚，一些渔民干脆住到破船上。

三四月间，正是蔬菜淡季，青黄不接，大部队一到，吃菜困难成了生活的大问题。老乡们看在眼里，主动把自家菜园的青菜送到部队。部队要给钱，他们说啥也不收，总是经过反复协商，才肯收一点点钱。

人民群众关心部队战士，不是父母胜似父母，把战士的冷暖时刻放在心上。天气乍暖还寒，部队夜晚到江里演练，房东大妈大嫂早就把热水烧好等着战士们回来，当战士们感冒发烧时，为他们烧姜汤治病。

仇炳锋，靖江柏木区西南村（今属靖城街道）人，1943年加入中国共产党，1949年任西元乡乡干。

解放军渡江部队到达靖江后，仇炳锋积极发动群众做后勤，配合部队做渡江准备工作。在他的宣传发动下，家家安排好部队，户户爱护战士，送粮送草，让屋让床，亲切慰问子弟兵。仇炳锋还带领群众从江边砍来柳条，编插在军车大炮上做伪装，以躲避敌机侦察。通往江边的道路狭窄，仇炳锋带领群众加宽路面，拓宽桥面，确保军车能顺利通达江边。拓宽路桥任务一完成，他又立即发动群众为部队寻找船只，赶扎木排。渡江战斗前，为了做好大军渡江的一个好后勤，仇炳锋几十天没有睡过一个安稳觉。

解放军政工干部上船与“船老大”聊家常、交朋友，密切军民关系

沈朱氏，靖江柏木区惠民村沈家埭（今属靖城街道）人，丈夫病故，她一人拉扯着5个孩子。渡江前夕，她家里也住进了好几位解放军。

沈朱氏最小的儿子刚刚7岁，没几天就跟战士们混熟了，战士们喜欢跟他玩闹，他有时就跟战士们一起睡地铺，亲热如一家人。有一位小战士只有18岁，一天晚上站岗受凉生病，发起高烧，额头像火一样烫手。沈朱氏发现后，随即到田里挖药草，回来煨药汤给这位小战士清凉解热。连续两三天，小战士高烧终于退下，可身体却很虚。沈朱氏便拿出家里攒着准备换油盐的鸡蛋煮给他吃，还将一只正在下蛋的母鸡杀了炖汤给他喝，小战士感激不尽。部队出发前，小战士握住沈朱氏的手说："大娘，胜利后我再来看您！"

顾秀英，靖江柏木区光明村（今属靖城街道）人。渡江前夕，她的家里来了一个班的战士。

这些战士平日里都在出操训练。当时战士行装简单，都只有一件衬衣和一件棉衣。训练时，穿棉衣太热，穿衬衣太冷，很不方便。顾秀英看在眼里，急在心上，她找到班长，提出由她将战士们的棉衣改成夹衣。班长推辞不过，只好答应了。于是，整整两个晚上的时间，顾秀英就着如豆的油灯，一针一线，将全班9位战士的棉衣全都改缝成夹衣。部队提出给顾秀英工钱，顾秀英坚决不要，她说："一家人还客气什么呢！"

在大军渡江的支前工作中，靖江的妇女们巾帼不让须眉，承担了大量繁重的任务。

靖江县长安区妇女积极支前。大军刚到，联合乡三村周维芬、二村沈月英、陈秀珍在下大雨的傍晚，扛了一夜的门板和用具送到驻军，衣服湿透了，第二天没有衣服换，就睡在被子里；一村缪桂英动员妇女组一天帮驻军洗8条被子，夜间又帮战士改了8条裤子、做4双袜底；二村妇女组30多人帮部队运送粮草。全乡妇女帮部队做米袋1000多只。季市乡九村陈家埭妇女许桂琴，组织妇女一夜烧了6大锅茶水给过路大军喝，不嫌累。[①]

汪青辰在回忆录里也写道：

在渡江的那段岁月里，我们各级妇女组织，工作也是繁忙而紧张的。他们发动广大妇女，抓紧做军鞋送给渡江作战的指战员，全县共送军鞋22000余双，她们在军鞋的白色里帮上用红线绣上“解放”“胜利”“英雄”“拥军”“亲人”等字，有的还绣上狮子和老虎的头像，有的绣上一颗红心。这些，既显示着广大妇女在针线活上的艺术天才，也

① 参见《渡江战役靖江地区支前纪事》,《情满千帆》。

表达了广大人民群众的拥军之情。所做军鞋，都很结实。鞋跟后帮上，都钉有鞋带，鞋带捆扎，跑路稳实跟脚。我们的姑娘、嫂子，多么周到，多么深情啊！战士们穿上这样的军鞋，怎不英勇杀敌、奋勇前进呢？！

解放军驻扎到自己村，住进自己家里，朝夕相处，军爱民，民拥军，老百姓与子弟兵的心贴得更近了。

部队纪律严明，严格遵守三大纪律八项注意，不拿群众一针一线，赢得老百姓的爱戴，大娘大婶把小战士当成自己的孩子一样关心爱护。同时，部队又注意与当地百姓打成一片，战士们与房东家小孩子成了忘年朋友，还帮助房东挑水、担柴、挖防空洞。

“呜——”敌机又来了，战士们赶紧招呼乡亲躲进屋后防空洞。小孩、妇女、老人，一个个全猫进去后，战士最后进去，用芦苇竹竿把洞口掩盖好。

飞机在盘旋，忽近忽远，几个来回后，飞远了。大家拨开掩盖爬出来，抬头骂声“蒋该死”，又各自忙活起来。

有战士拉住老房东学习用芦柴、竹管扎三角救生圈。

有战士教小孩子学唱《渡江动员歌》：

扬子江，浪头高，

江南人民在呼号，
要吃饭，要穿衣，
我们的救星解放军，
快前进，快前进。

对于靖江父老乡亲的拥军工作，驻军十分满意，他们也通过书信向当地的干部群众致以谢忱。靖江县委宣传部主办的油印小报《支前》，刊载了一封解放军写给孤山区山南乡三村的一封信：

各位干部父老们：

我们受到你们的热烈欢迎，和各方面的照顾，真是十二分地感谢，我们才到贵村时，你们烧水给我们烫脚，铺草给我们睡觉，端菜给我们吃饭，特来信谢谢。

你们受到蒋灾（编著者按，指国民党统治的苦难）太严重，生活很困难，但你们在很短的时间内，办好了我们驻防的一切工作，值得我们向你们致敬。

我们是人民的军队，吃的穿的都是你们的，我们军民今后要更加团结起来，向江南进军，早日把反动派消灭，大家才有好日子过，希望你们在后方努力工作，加紧生产，支援前线。

专此致以

敬礼

人民解放军致敬

3月21日

刘景林，离休前为《解放军报》记者，渡江战役时任28军83师收音员。渡江前夕，他住进靖江东兴区临近江边的一个村子，他后来回忆道：

当夜幕笼罩的时刻，我背着收音机，和政治部的几位同志，来到了靖江县长江边上的一个小村子里。一跨进屋就觉着全身舒坦，这不仅是因为我的心正和走向伟大时刻的表针一起跳动，还因为这屋里的设备对我的工作是再方便也没有了：靠窗户摆着一张八仙桌，桌上点着一盏大罩子的煤油灯，桌旁放着一把长方形的凳子。

看看眼前的一切，我不由得在心里说：“啊！大娘！你好像知道我今晚要收听重要的消息，为我准备得多好呀！”

解下了被包放在铺上，我回转身来向里屋望了望：

“大娘！我要借个长竹竿用用。”

“看你，快歇歇吧！”大娘揭开了锅盖，舀了一碗开水递给我，又舀了点开水掺些凉水倒在木盆里叫我洗脚。然后她就拿来了一根又粗又长的竹竿。

架好了天线，我忙把收音机的外套取下，一切都调度停当了。就急着收听“3.5”和“4.5”的播音。“3.5”的频率上可以听到北平人民广播电台的广播，在“4.5”的频率上可以听到南京国民党中央广播电台的广播。在这伟大的时刻里，我们的电台要说些什么呢？在蒋家政权即将全面崩溃的时候，敌人的电台又要说些什么呢？这些，不仅首长和部队在焦急地等待着，我也多么想知道呀！

度盘转到了“3.5”上，“吱”地响了一下，北平人民广播电台清晰嘹亮的音乐，平静而安详地响起来了。有些奇怪，为什么这样平静呢？也许是我过于激动了，不禁伸着头看看窗外，窗外也非常平静，漫天漆黑，只有远方大地上出现的白茫茫的一片，像条白带子。我想那定是长江了。这时，在那白带子的上空，有黄红两个火球向前移动，隐隐约约地传来阵阵的马达声。我知道那是国民党巡逻的夜航机，像找不到归宿的幽魂似的，正在天边流浪。把度盘转到“4.5”的频率上，电波声很大。到底是隔得近听得清，很快地就传来了萎靡不振的声音正在广播新闻：“我陆、海、空军已做好守备长江的各种准备，全体将士有充分的信心可以阻挡共军的进攻……有消息说：蒋介石对解放军的防务表示乐观……共军渡江进攻的计划只是个梦想……”新闻播完，音乐就接着响起来了。

房东老大娘看我没吃饭，端着刚煮好的热气腾腾的一碗芋头送来了。她站在桌旁侧着耳朵听，问我：

“刚才匣子里说什么呀？”

我说：“国民党说解放军不能打过长江去。”

大娘听了，一撇嘴指着收音机，说：“又吹了，半个天下都吹没了，再吹，也吹不了几天了。”

我心里想：国民党花了那么多钱，搞宣传，还不如大娘一句话管用呢！[①]

房东大娘对刘景林关怀备至，他们之间的交流那么自然亲切，就像一家人。那句“半个天下都吹没了”十分俏皮，说明当时的人心向背，连一个普通的农村妇女都能看出国民党的政权即将垮台了。

207团渡江前驻扎在今新桥镇青龙港两侧唐家圩地区。到达驻地时，但见到处是“为了解放全中国，你做些什么！”的大标语、大招贴画。队伍歌声嘹亮，装备整齐，威武雄健，战士们容光焕发，百姓围着他们细细打量，性急地前呼后拥将战士迎进自己家。

---

① 刘景林,《在收音机旁》,《情满千帆》。

佘景行随团长杨绍良住进唐家圩老王家，这是居住条件最好的一家。老王是船工，年近五十。船被国民党劫去了，儿子一个月前已去县支前大队当铺桥修路民工，家里还有老伴、儿媳、孙子三代四口。老王将东西厢房、堂屋全让了出来，自己一家挤到披间灶屋。

战士们过意不去，请他们回东屋住，老王坚决不肯，说这样安排是为了方便部队保守军事秘密。

杨团长和佘景行只好亲自出马，与老王全家一起协商住宿安排。双方反复推让，最后勉强定下来：杨团长和佘景行同住西屋，值班参谋、警卫员、饲养员住堂屋，老王老两口同住披间，儿媳、孙子住东屋。

这一住就是近一个月，佘景行等人与老王家建立起深厚的感情。

团首长邀请老王一起到江边勘察，老王主动为部队讲解船只顺水顶水航行的知识，部队因此调整了作战部署。后来老王又参加了部队的试航，为部队顺利渡江提出了许多宝贵的意见。

每每佘景行与杨团长从江边视察归来，细雨蒙蒙，淋湿衣衫。一进屋，老王儿媳妇就端出早已准备好的生姜、红枣、红糖、鸡蛋热汤。老王父子又把过年喜庆时才穿的新内衣和棉袄，让杨团长他们把从里到外的湿衣全换下来，全家人将这些湿衣服烘烤到大半夜。

4月21日下午，渡江号令传来，部队即将开拔。傍晚，老王全家到大埂上为杨团长一行送行。

老王的孙子大宝骑在佘景行肩上，紧紧搂住佘景行脖子不肯下来。王大娘手里提着一只小菜罐子，里面装满她特意从新桥集上买来的萝卜干、酱瓜、酱辣椒。她把罐子直往警卫员手上送，一句话都说不上来，只顾擦眼睛抹泪。老王儿媳妇将特制的两个圆形布袋向警卫员脖子上挂，袋子有一公尺长、十几公分宽，里面装了馒头、枣糕、茶蛋。

老王显然不愿看这个场景，走在大家前面，头也不回一下。

佘景行赶上前去，高声喊道："老王！不要再送了，我们以后再见吧！"

战士们都已各就各位准备登船，战船一只接着一只，缓缓向港口移动。此时，老王快步超前，同一名船老大咕咕噜噜一阵，又跑向另一只船。杨团长他们听不懂，仔细一问，原来，老王他们说的是船家行话，大意是："刚才风向突然转为东风，又逢落潮，这是过江最好的风，最好的潮，这是有'天神'护佑，大吉大利。按照商定的时机掉樯、转舵、过中流，一定顺利！"

杨团长深为感慨，说："这个王大爷，真是称得上全心全意了！"

黄昏降临，从望远镜里也看不清对岸的江堤了。战船在有序离港。杨团长一行在港口向摩拳擦掌、斗志昂扬的战士们一一送上祝福。

他们送别最后一只战船时，老王一步走上前去，用力握住佘景行的双手，一句话不说，越握越紧。

佘景行宽慰地说："老王，我们算是有缘吧！我交你这位朋友，是在战场上，是战友啊！真是'天神'护佑，把你赐给我们，使我们学到了许多渡江知识。虽说我们团的几个领导都会水，一里两里的水面沉不下去，可是对长江里的水、船却是一窍不通的。从根据地来的老把式虽然也都是懂船懂水的，但那次试航后，他们比我们这些不懂的还要害怕。上过江船的几位，都是大船的副手，对我们这段江情水势也不熟悉。多亏有你啊！你的胆识，你的智慧，你的经验，你的心血，全献出来了。刚才团长说，你是全心全意的……"

正说着，老王突然嚎啕大哭起来，身子往下沉，做出要下跪的架势。

佘景行诧异地扶住他，他泣不成声地说："我有罪，对不起共产党，对不起解放大军，对不起团长、政委。……我有船，有八成新的船……"

他说到这里，佘景行恍然大悟，接过他的话说："你把它沉在屋后水塘里了，对不对？"这句话反倒止住了他的跪姿和哭泣，他瞪眼愣住了。

佘景行继续说："试航受挫的次日，你蹲在屋后抽闷烟，可爱的大宝就告诉我们了。自那以后，你有机会就讲，首长们千里万里地到这个小地方、穷地方救苦救难，你们应该如何如何。我们几个也一致认为，这是你在自责、愧疚，表明你对共产党、解放军的认识有了升华，是政治觉悟的一次飞跃。你想想，自那以后，我们对你不再避忌，完全把你看作自家人了吧！你的心意我们早就领受到了。老王，我们渡江用船已经落实了，绰绰有余。船是你家衣食之源，我们在这里渡江，你们的负担够多够重的了，能为你们减轻一点就是一点啊。我们真有难处能不向自己的亲人开口吗？"

佘景行越讲越激动，他说："我们是野战军，哪里有敌人，就要开到哪里去战斗，渡江后怕一时半载见不着了，可是我们的心已经在一起了，什么时候也不会忘记你和靖江人民对我们团的贡献，对渡江胜利的贡献，对解放全中国的贡献！"

这时，杨团长在远处向这边高喊，佘景行向老王说："你已经圆满完成任务了，快回去吧，再见了！"两人挥手作别。

1949年6月18日，第29军第69师第207团奉命于浙江海宁东南地区休整。在师党委的统一部署下，207团于6月中旬至10月下旬举行渡江战役总结大会，不少同志为靖江的老王请功，还以全团指战员名义给他写了一封长信。可是，用什么姓名，投向什么具体地址，谁也说不准。几位团领导在一起凑着，称呼他的名目就有：大爷、大伯、老大爷、老王、王老师、大哥、老哥、老大、老乡、房东等等10种之多，就是没有一个人能说出他的名字与具体的居住地址。

这封地址不详的信被寄出了几次，都被退回来。负责具体办理的政治处汪主任说，无名英雄的精神、勋业都是不朽的，老王加入到这个无上光荣的行列中去了，他将与渡江先锋突击团的荣光同在。[①]

吴子金，西来区赵家村人。1949年4月，人民解放军29军某部驻扎在西来区东来乡一带待命渡江。

渡江前夕，东港的水位太浅，船只无法出港，经勘察发现，各个自然埭前的内河水位明显比东港高。当时，每个自然埭的前面都有一条可供饮用与灌溉的内河，与港相通，有涵洞控制。只要把涵洞撬开，就可以用内河的水补充东港的水，抬高水位。但是，春寒料峭，水温很低，让谁下水呢。

支前中队的领导想到吴子金，因为吴子金一贯表现很积极且水性很好。吴子金接到任务二话没说，当天夜里就拿了一根杠子，只身潜入水中。从敦义的头圩埭直到西来的青龙港，吴子金用杠子接连撬开了13个水洞板。东港的水位渐渐升高，滞留在港中的船终于得以顺利出港。

---

① 佘景行,《“半帆待命”战术创突击渡江奇迹》,《情满千帆》。

吴子金在寒冷的水里足足泡了3个多小时，冻得脸色煞白。

在大军待渡驻扎靖江期间，还发生过一次枪支走火的事故。

1949年4月的一天，天气晴朗，斜桥镇村民吴浩生家，战士们正在休整，屋里墙壁上整齐地挂满枪支和军用水壶。战士周虎拿下自己的步枪，坐到大门外，仔仔细细地擦拭起来。一大早到田里干活的吴浩生，这时正收工回家。他扛着铁锹，刚刚走进自家大门，悲剧在一瞬间发生了。

“砰”的一声，周虎在擦拭步枪扳机时，用力过猛，步枪走火了。

脸上还含着微笑的吴浩生应声倒地。

周虎大惊失色，立即冲上前去抱起吴浩生，却见吴浩生从右腋到后背被子弹穿过，鲜血透过棉袄流出来。

听到枪声，许多战友与群众从埭上各处奔跑过来，人越聚越多，现场乱成一团。吴浩生的妻子缪兰珍也刚刚从地里回来，丢下手中的锄头，惊恐地扑上来，拼命摇晃着丈夫：“浩生！浩生！”

但是，吴浩生已经没有气息，缪兰珍嚎啕大哭。

周虎很快被关押起来，经团党委连夜讨论，决定对周虎执行军纪。

听到消息，缪兰珍思想斗争了很久，最后不顾悲痛，赶去部队向首长跪地求情：“周虎同志不是有意的，放了他，让他过江打敌人吧！”埭上的村干与百姓也纷纷向首长请愿，要求从宽处理周虎，让他戴罪立功。

尹雪梅（王刚的夫人，王刚时任29军营级干部，曾奉命打入江阴要塞策动起义）回忆说：“当时听说百姓为周虎求情，我们很欣慰，说明老百姓对我们军人很爱护，对共产党部队很信任，军民一家人，我们是人民的子弟兵，所以他们爱护我们，让把周虎留下来。”

部队根据老百姓的请求宽大处理了周虎。后来，周虎在上海战役中壮烈牺牲。

当年在靖江生活过，从靖江渡江出发的解放军指战员对靖江百姓的热情记忆深刻，赞不绝口。

李祝民，渡江时任28军249团团部政治协理员。1999年，渡江战役50周年，李祝民应邀回到靖江，故地重游，他深情地说：

> 靖江人民载歌载舞、夹道欢迎的沸腾景象，战火纷飞中全家摇橹奋勇支前送大军的动人场景，仿佛又历历在目，宛如昨日。我们28军从靖江渡江战斗的胜利是靖江人民用小木船摇出来的胜利，是在军民有力配合下的共同胜利，是毛主

席说的“兵民是胜利之本”的光辉体现。[1]

在整个大军渡江期间，肩上担子最重的是县委书记兼独立团政委汪青辰，他夙兴夜寐，殚精竭虑，不停地开会，不停地检查，面对不断加码的支前任务，他心中有一本账，靖江各个区的财力、物力、人力，他烂熟于心，一旦有新的任务，他会立即计算、运筹，找出最合适的人员，以最短的时间去安排实施。几十万大军屯集于此，每天的事千头万绪，他一刻不能停歇，随时处理各种突发情况。最了解他的是他的搭档——时任靖江县长的薛先洛，他回忆说：

> 1948年底至1949年4月，靖江人民承担了支援大军渡江的繁重的支前任务。其支前工作的紧张程度，是难以用语言表达的。……这样的繁重任务，压在县委身上，作为一个县委书记，青辰同志肩上的这副担子是多么的沉重啊！他凭着一颗对党和人民的赤胆忠心，带领全县广大党员、干部和群众，夜以继日地工作着、战斗着。全县上下大发动，全民皆兵齐动员。“一切为了渡江，一切为了支前，一切为了胜利！”“做好大支前，保证军队向前进！”这一思想支配着靖泰县72万人民的言行。全县人民以非凡的勇气和毅力，

① 李祝民、赵振华，《靖江人民支前的几件事》，《情满千帆》。

“咬紧牙关，克服困难，全力以赴”。在短短的几个月的时间里，完成了平常情况下难以想象的任务。这是全县干部和人民群众共同努力的结果。这其中也体现着青辰同志功不可没的组织指挥才能，凝结着青辰同志高度操劳的心血和汗水，闪耀着青辰同志全心全意为人民服务的光辉思想。[①]

就在这样的戎马倥偬中，年轻的县委书记邂逅了他的终身伴侣。

汪青辰第一任妻子叫蔡一新，上海人，曾任靖江县委妇女工作部部长、组织部副部长，1947年7月病故于台北县苦水洋（今属东台市）。汪青辰与蔡一新感情甚笃，蔡一新去世时，汪青辰正部署南线恢复工作，未能见最后一面，这成了他心底永远的痛。他在戎马倥偬中写有《遥寄一新》诗，诗曰：

五年恩盟，常怨离恨。
二十五个青春，
竟在苦水洋边湮沉！
相思相知何处觅，
晚霞一片，军号声咽。
闻说我已沙场死，

① 参见中共靖江市委党史办公室编，《怀念汪青辰》，薛先洛篇《烽火岁月结友谊，耄耋之年忆深情》，1996年7月。

临终呼唤断泪痕。
消息传来，行军不知程。
刀剑亦含愠！
何日一抔土，
再埋您落英！

丧妻之痛，痛彻心扉，他却连悲伤的时间都没有。他刚刚接到任命，出任新组建的中共靖泰县的县委书记兼靖泰县独立团政委，肩负着打回南线，恢复阵地的重任。他只能将伤痛深深地埋藏在心底，将所有精力投入革命工作之中。一年多来，他挥师南下，打了许多仗，终于打开局面，解放了靖江。还没有来得及好好歇口气，大军就要渡江，靖江是渡江东集团重点突破地区，支前工作繁重而琐碎，他每天埋头工作，更无暇考虑自己的个人问题。

1949年4月，正是杨柳垂绿、桃花盛开的时节。前线战地通讯社记者组到靖江采访大军渡江。在县城金家祠堂——当时的县委驻地，汪青辰热情地接待了记者们。记者中有一个年轻美丽的女孩叫汤瑞，她注意到了这个“身穿灰色军装，颇有政治家风度的年轻的县委书记”。

由于工作关系，他们经常有接触，有时汤瑞会把写好的新闻稿送给汪青辰审核，有时会直接采访汪青辰，就这样，由相识而熟悉。对于记者的工作汪青辰既尊重也关心，每次见面，总是问长问短，从工作、学习到生活，无微不至。

一个雨天，汤瑞要到江边去采访，汪青辰看到了，忙叮嘱：你要用草绳绑在鞋上，以免摔跤。到了江边，道路泥泞，因为鞋上绑了草绳，果然好走多了，汤瑞想起汪青辰的叮嘱，心里觉得暖暖的。

战地通讯组交给汤瑞一个重要的任务，就是要写一篇关于靖江渡江支前的报道。这样一个大战役，靖江人民肩负着支前重任，汤瑞千头万绪，不知从何说起，她正在考虑如何写好这个报道，这时候汪青辰骑着一匹白马到江边来检查渡江支前的准备工作，见到汤瑞后，他主动介绍了靖江的支前情况，并认真指点如何写好这篇报道。

有了汪青辰的介绍与指点，汤瑞很快就把稿子写了出来。她把稿子送给汪青辰审阅，汪青辰一边看一边拿起铅笔亲自修改。看着汪青辰拿着铅笔，眉头紧锁，认真修改的样子，又想起这些天在采访过程中，那么多干部群众对这位县委书记的好评，一种情愫在她年轻的心里默默地滋生，“在不知不觉中您成了我心中最尊敬最爱慕的人”。

4月21日夜，大军渡江的晚上，整个靖江都沸腾了，照明弹闪耀长空；军车隆隆，战马奔驰。江面上万船齐发，枪声、炮声、桨声、涛声，合奏着胜利的凯歌。汪青辰彻夜未眠，一直在忙着处理各种军地事务，通讯组安排汤瑞采访县委，所以这一晚他们一直在一起，这是一个难忘的夜晚，两人的心靠得更近了。

渡江胜利结束后，通讯组离开了靖江，汪青辰与汤瑞依依惜别。不久，汤瑞就收到汪青辰写给她的信和一首长诗。汤瑞后来回忆说，“那首诗，像一团火，燃烧着我的心。”

中华人民共和国成立后，汪青辰与汤瑞结成了革命伴侣。这段战地浪漫曲，也了渡江战役期间的一段佳话。[①]

---

① 参见中共靖江市委党史办公室编,《怀念汪青辰》,汤瑞篇《此情绵绵无尽期》,1996年7月。

七　决战前夜

1949年4月1日，“南京政府和平商谈代表团”在首席代表张治中率领下到达北平。13日，国共和谈第一次会议在北平举行。

在谈判中，中共力争以和平方式解决国内问题，对南京政府做了许多宽怀大度的让步。在讨论中共方面提出的《国内和平协定》草案时，南京政府代表团提出40多条修改意见，中共采纳了20余条。

4月15日，中共代表团将《国内和平协定（最后修正案）》提交给国民党政府代表团，并郑重宣布，签字的最后期限为4月20日。

李宗仁虽然公开表示愿意以八项条件作为谈判的基础，但内心的真实意图是想保存国民党的政府与军队，占有江南数省，以期东山再起。李宗仁在台上进行和谈活动，蒋介石在台下则加紧实施在3至6个月内完成大规模扩军的计划。其备战计划包括：重建400个师，征募250万新兵，重新召集退役军官，编制新的装甲兵团，扩充空军。

对于国民党政府打的如意算盘，中国共产党洞若观火。4月4日，新华社播发了毛泽东撰写的《南京政府向何处去？》的重要评论，指出：“两条路摆在南京国民党政府及其军政人员的面前：一条是向蒋介石战犯集团及其主人美国帝国主义靠拢，这就是继续与人民为敌，而在人民解放战争中和蒋介石战犯集团同归于尽；一条是向人民靠拢，这就是与蒋介石战犯集团和美国帝国主义决裂，而在人民解放战争中立功赎罪，以求得人民的宽恕和谅解。第三条路是没有的。”

但是，事与愿违，4月20日深夜，国民政府代总统李宗仁、行政院长何应钦致电在北平的南京谈判代表张治中，拒绝在和平协定上签字，至此，国共和谈破裂。

当晚，根据总前委的部署，为了减轻东、西集团的渡江压力，三野第一副政委谭震林指挥的中突击集团率先起渡。长江北岸枞阳至芜湖段炮群齐吼，高速飞行的弹丸卷起阵阵热风，火光映得一川江水斑驳烁动。在震耳欲聋的炮击声中，第21、第24、第25、第27军的先头部队迅速出动，从江湾港汊里一涌而出，登船扬帆，径直向南，揭开了渡江战役的序幕。

21日，中共中央军委主席毛泽东、中国人民解放军总司令朱德向全军发出了《向全国进军的命令》，要求各野战军全体指战员：“奋勇前进，坚决、彻底、干净、全部地歼灭中国境内一切敢于抵抗的国民党反动派，解放全国人民，保卫中国领土主权的独立和完整！”

这份掷地有声的战斗檄文被全军用巨大的红字标题油印出来，迅速地从军部传到师部，从师部传到团部，再传到营、连，传到战士手中。一时间，长江北岸，到处响彻着雷鸣般的呼声：“打过长江去！解放全中国！”

4月19日，东集团渡江作战会议在泰州白马庙召开。第8、第10两个兵团共8个军及野直机关等单位的师以上干部到会。会议传达了中央军委、主席毛泽东和总前委关于渡江作战的命令指示。各兵团首长对作战方案作了简明扼要的报告，并提出了需要议决的事项。粟裕作了总结讲话，进行了简短有力的作战动员，再次检查了各部队的准备工作情况，最后明确了渡江作战的具体要求。

与此同时，在靖江集结的第10兵团28、29、31军和第7兵团的23军立即行动起来，纷纷召开誓师大会，鼓舞士气。

4月19日下午，28军83师249团举行渡江前的誓师大会。时任3营政治教导员的陈玉奇在《渡江日记》记述了当时的情形：

> 今天下午，全团召开渡江战役誓师大会。大会上团政治委员漆先应作动员报告，各营、连干部纷纷上台表示决心，要求团党委交给艰巨的任务。我代表全营提出的保证是：1.坚决服从命令，不叫苦，不怕难，保证完成任务。2.严格遵守政策纪律，保证空手进空手出和点滴交公。3.团结一致，上下齐心，主动配合，协同作战，如与部队失掉联系，主动接受友邻部队首长的指挥，积极完成上级交给的战斗任务。
>
> 在挑战时，2营教导员郑力洲同志提出向我挑战，条

件是：要带领部队共同完成任务，决不落后。到第一线部队做好鼓动工作，以大无畏的精神消灭敌人。我立即上台应战，除同意郑力洲同志提出的条件，还补充了几条意见：1.加强支部的统一领导，发挥党员的模范作用，带领群众保证完成渡江作战的各种任务。2.及时检查总结布置工作，不失任何一个时机完成各项任务。3.工作要深入细致，反对粗枝大叶。4.越是艰苦困难时，情绪越要稳定、高涨，越要抓紧工作，与部队同甘共苦，战胜困难，完成任务。

誓师大会，进一步鼓舞了全体指战员的战斗热情，全体指战员有信心，有决心完成渡江战斗任务。誓师大会在“打过长江去，解放全中国”的口号声中，胜利结束。

20日上午，28军82师245团1营的出征宣誓会在靖江吉盛圩举行。

纪鸣铎，山东潍坊人，1943年7月参加革命，离休前任28军纪律检查委员会专职副书记，渡江时任28军82师245团政治处宣传干事，他参加了宣誓会，并在《渡江日记》记下了整个过程：

今天，为解放江南人民，各营隆重举行出征渡江誓师大会。28军82师245团1营是团的渡江突击营，并加强了桃林岗连。

团首长上午去突击营给渡江突击排（一连一、三排，二连一、二排，九连三排）每人献了一朵大红花，同志们喜笑颜开，决心打过长江去，解放全中国。然后营长李建民、政教林玉辉率全营同志进行渡江宣誓。

蒋匪死党，在我人民解放军严重打击之下，已损兵折将溃逃江南，现在正以阴谋伎俩，耍弄假和平，企图和缓我军南进，在江南穷凶极恶地抓丁征粮编练新军，阴谋卷土重来，屠杀劫掠人民。我军为人民之师，誓与兄弟部队并肩作战，打到江南，彻底消灭蒋贼残余力量，以求实现真正和平。际此临江出征之时，保证坚决彻底执行军、师、团首长之一切渡江作战命令，特在毛主席、朱总司令像前，向党向人民宣誓：

第一，坚决服从上级命令，彻底完成渡江作战任务，在任何艰苦困难情况下，大胆沉着，顽强猛打，以我为主的首先突破敌人江防，以求迅速歼灭敌人；

第二，积极主动协同友邻作战，在一定的情况下，发挥机动灵活，各自作战精神；

第三，加强政策纪律观念，不论进城入村切实执行三大纪律八项注意、借粮政策和入城守则，真正做到秋毫无犯；

第四，密切团结，发扬互助，齐一步调，巩固自己的力量，更坚决地去扫荡残敌；

第五，克服任何自私自利的个人主义，一切为人民为阶级为战斗的胜利而战；

如违背以上誓言，愿受党与上级的严厉处分。

同日下午，249团在团部驻地也举行了渡江誓师大会。赵振华，离休前任249团副政委，渡江时任28军249团政治处干事。据他回忆：

4月20日的下午，在团部驻地举行了庄严的渡江誓师大会。下午4时许，各连战士穿着草绿色的新军装，肩背着黑黝黝亮晶晶的各式武器，迈着雄壮、整齐的步伐，由四面八方经过群众扎的胜利门、进军门集结会场。那天，同志们的情绪异常高昂，精神焕发，会场经过宣传股的同志几天来的辛苦劳动，装饰得庄严、美观，主席台的中央悬挂着毛主席和朱总司令的巨幅画像，两边是两幅醒目的大标语：左幅是“横渡长江，解放全中国”！右幅是“打到南京去。活捉蒋介石”！全场周围彩旗迎风飘扬。这些虽已过了50年了，但我想起来还是历历在目。

就在这里还闹了一场笑话，原来计划在宣布“鸣炮开会”时为了节约炮弹，就以炮竹——“二踢脚”来代替炮弹，当时指定我和特务连文化干事薛安祯、宣传股肖光熙放炮竹（因我很喜欢放炮竹，领导上就将这差事交给了我），可是大会司仪、宣传股刘占海股长只宣布了“渡江誓师大会开始”，忘了宣布“鸣炮开会”，我们3人还在台后一手拿香，一手拿炮竹，拉开了架势等着放炮竹呢，谁知刘股长忘了这回事，一看首长讲话了，小薛和小肖都泄气了，把香也扔了，我可没泄气，待首长讲完话后，各连送挑战书时我就趁此机会点着了几个，锣鼓声中有“叮、咣”的炮竹声，2营政治教导员郑立洲同志和我开玩笑说：“赵干事，你怎么这样爱放炮竹，等打下上海我买上两筐让你放个够。”遗憾的是郑教导员就在说此话后的第二天，在渡江作战中牺牲了。

渡江誓师大会开始后，首先由副团长赵云龙和副政委李晓岑讲话，进行了渡江动员。接着各营、连代表鸣锣击鼓纷纷向团党委送请战书，要求承担渡江第一梯队的任务，并热烈地展开了互相挑战、迎战的争论，会场上口号声、掌声连绵不断，此起彼伏，经久不息，大家一致表示：打过长江去，解放全中国！

部队除了召开战士们的誓师大会，还分别召开了船工、民工的动员大会，帮助没有参加过战斗的船工、民工们克服可能产生的畏难心理，消除紧张情绪。

纪鸣铎在4月20日当天的日记还记道：

柳河连为了渡过长江去，召开船工座谈会。会上船工们表示："只要我们死不了，坚决把你们送过江去，假如敌人打得急，我们推着船也要把你们送过去登岸，咱们还不是为了打垮蒋介石享太平吗？"

人民解放军的指挥员正向参战船工进行作战动员

船工段祥富回忆：

1949年4月上旬，桃红柳绿的时节，人民解放军苏北军区支前司令部在泰兴县黄桥召开了渡江常备民工动员大会。会议开始时，一片锣鼓鞭炮声。乡亲们为我们民工每人胸前戴上了一朵大红花。看到胸前的红花，我就像看到了江南亿万人民期待着解放的眼睛，激动的心情久久不能平静。

参加大会的首长作了渡江动员报告。他要大家做好各种准备，还指着台子上挂着的一面2米长，上面写着“民船渡江浪滔滔，全中国就要解放”14个大字的红旗，大声说：“哪个人在渡江中立下的功劳大，这面旗帜就奖给哪个。”他话音刚落，下面就起劲地鼓起掌来。当时，全体民工都争着看这面大旗，大家都想立头功，我更恨不得马上就把它夺到手。

船工查纪根回忆：

大军渡江前，船都集中在礼士桥的横港里，等到快要过江时，港长严声甫才下令移至青龙港口。我家自己有只四五吨的船，船上有4个船工，可装到一个班的解放军战士。

船工们举行渡江誓师大会

渡江前三四天，为了鼓励船工，鼓舞士气，在高家圩，部队召开了船工大会。一个军队干部拿一个香烟屁股放在场子上，离了老远拿枪打，问大家："你们说它能不能被打中？"大家都说，肯定打不中。他说："这个烟屁股就比作小船，长江这么大，敌人怎么打得到。"形象的比喻使得船工们的士气更加高涨了，船工们于是发誓，历尽艰难险阻，一定要把人民解放军安全送过江去。

渡江在即，中共靖泰县委、县政府连日召开多次会议，发布多个紧急通知，布置欢送、防空等事宜。

4月20日晚，靖江县支前总队部向各区支前大队部下发了一份紧急通知，其中要求：

一、解放大军即于最近开始渡江，可能于明天（21日）夜晚即开始渡江（以上当保守机密，暂不得向群众宣传），各区各乡见大军南移时，应广泛组织群众，到处敲锣打鼓，拿旗放炮，热烈地欢送（此通知在明天中午可发出），这样，对我大军渡江士气，作了更大更有力的兴奋与鼓舞，加倍巩固了南下的信心和决心。

二、在大军南移后，各市镇、各乡村就全民全面动员防空（特别是在沿江一带地区）挖防空洞，夜里听到飞机声，应立即隐熄灯火，加紧防止特务搞鬼、放信号等破坏，加强治安工作。

三、县委到各区的征粮工作队，应不要过分分散，随时有联系，一有命令到，即可立即迅速赶回县总为要。

靖江支前总队又向各区支前大队下发了一份通知，并注明“火急”。这份通知直接抄录了中共靖泰县委写给东兴区委书记孙普的信件，并要求各区“同样应很好研究”外，还作了一些补充。内容如下：

一、大军马上渡江，各区要主动找各部队的后梯队（参谋处）联系，了解部队还有哪些问题，需要地方帮助解决的，区里应主动切实帮助解决。

二、各区在公路两侧要道口，发动群众夹道欢送，以资鼓舞士气，因为部队行动时多在傍晚或夜间（多半是夜间），而且行军时间会得相当长，部队过江后面，还是会继续有部队经过的，而且在我部队不分昼夜行动时，敌人在夜间亦可能空袭的，根据上述情况，提出如下要求：

1. 在城里，发动欢送时，唱歌、扭秧歌、打锣、打鼓、放炮、呼口号、握手慰问、扮演活报等，但须有组织的、轮番地做，否则容易疲劳，不能持久（在农村里如不能集中大批群众，可以就埭或圩头上，到处敲锣打鼓），所有农村剧团、文娱组织，这时应集中力量，搞欢送大军的工作。

2. 为了适应夜间欢送，在要道口（有条件的地方就做）有重点的准备汽油灯（灯笼也可），在明亮的灯光下欢送更加热烈，但必须做好防空准备，敌机一到就随时用被子等物把灯光掩蔽起来。

3. 茶水站要切实搞起来，搞茶水站的（挑水的、煮的、看的、送的）均必须要在政治上有保证的，防止特务搞鬼。

三、船工家属要动员各乡很好地帮助解决困难，据说有些地方对船工家属领粮表示不悦，甚至有些地方认为他们是异乡人，不闻不问，这是非常不应该的，各区应切实照顾。

四、船工渡江胜利回来时，要欢呼，称赞他们“有功”“勇敢”“得胜”，鼓舞其热情。

五、工交工作要切实做起来，桥上涂黑色，既增加了目标，是有害防空的，可用混泥浆涂上，使得和泥土一样，桥上的伪装不能千篇一律，创造多种多样化的，防止敌人找到规律；伪装不能光在桥上搞些竹枝、树枝，范围尽可能扩大一些，迷惑敌人，即使桥梁、电路被敌人搅坏了，要保证主动地立时恢复交通，哪些不通，当地区要负全责任。

六、各市镇要进行防空教育，桥梁、粮草站、民房如遭敌人轰炸而着火了，敌机一走立即领导群众扑灭之（特别是有桥的两旁要注意），如是燃烧不宜用水，泥沙扑灭火最为适宜，必要时桥上可先堆积一些泥沙，以供不时缺需！

通知要求各区组织好欢送大军渡江的工作，做好防空防特，做好船工家属的帮困工作，等等。接到县委、县政府的紧急通知，人们赶紧行动起来，刷标语、制红旗、送吃的、准备节目、到部队慰问。

同日，根据上级要求，靖江县政府向各区署下达了一道渡江战役之前的最后一道支前训令，这可能是最令人心酸的一道训令。

训令中说：

本府为了适应战士需要，曾于去年10月18日通知你区准备棺材10口，又于12月15日令你区增加35口，共计45口，统限于今年1月10日前完成。（原来规定做棺材的材料，一为碉堡里拆下来的木头，二为已经归公的木头，三是动员群众献本地树木。工资每口棺材可报3天到4天伙食，钉向江海公司领取）。集中分散保管，将保管据交本府存查，但到目前止，除孤山区已送来4口，侯河送来3口，其他区保管据尚未送来，兹为了急用起见，特着你区将应完成的棺材

（不做好赶快做好），共计45口，立即集中至城东体育场，把保管据交到本府，勿得延误。

各区的木匠都被集中起来，赶制棺材。一想到这是为可能牺牲的战士准备的，木匠们不由地低头，更加认真地干起来，比以前打任何一件家具都虔诚。

4月20日清晨，长江北岸三江营，解放军东集团第20军正在做着渡江作战前的准备。浩瀚的长江失去了它往日繁忙的景象，江面上一片宁静。

9时许，从下游的江面漂来一个黑点，越来越近，肉眼渐渐就可以看清了，那是一艘军舰。特纵炮3团7连的观察哨首先发现，并向团部报告。经辨认，这艘悬挂米字旗的不速之客是英国轻型护卫舰“紫石英”号。

解放军渡江在即，在这非常时刻与非常地点，“紫石英”号横在防线上，其威胁意味不言自明。

为保证渡江战役顺利进行，解放军立即鸣炮示警，勒令“紫石英”号驶离。但英舰自恃船坚炮利，如入无人之境，任凭炮兵再三警告，一概不理，并将舰炮瞄准北岸。炮3团1连、7连被迫对其进行炮击，“紫石英”号装备6门大口径火炮，进行回击，但是无法压制解放军炮兵的准确射击。一番激战后，“紫石英”

号炮塔被毁，指挥台被击中，舰长史基纳重伤殒命，副舰长威士敦也伤势不轻。“紫石英”号航向失控，越出航道搁浅于三江营对岸，慌忙升起一件白衬衣，解放军遂停止炮击。

少顷，“紫石英”号又把白衬衣降下，复悬英国旗。解放军遂继续炮击，迫其再悬白旗。这次，“紫石英”深恐解放军看不见，连挂3面白旗，解放军又停止射击。此时，此舰已中弹30余发，舰上水手60余名弃船跳入江，泅登南岸，后乘火车到达上海。

下午1时半，原停在南京的英国驱逐舰“伴侣”号疾驶三江营，增援“紫石英”号，和人民解放军展开激烈炮战。“伴侣”号全速驶过解放军阵地，又折回沿北岸上驶，利用解放军榴弹炮的死角，击毁7连阵地上两门野炮。但该舰也被榴弹炮穿透了联装主炮，指挥塔也被击毁，舰长罗伯臣受伤。该舰遂转舵逃往江阴。

当晚9时，英舰又至三江营炮击解放军，并将“紫石英”号拖出搁浅区，泊于三江营之夹江口，严重威胁解放军南渡。

英国远东舰队总司令部接到两舰相继遭受重创的报告后，副总司令、海军中将梅登亲率巡洋舰“伦敦”号和驱逐舰“黑天鹅”号两艘军舰由上海逆流而上，援救“紫石英”号。

4月21日上午，英舰从江阴出发，缓慢上驶，到达七圩港江面，无视解放军前沿哨所挂起的警告信号，并将炮口对准解放军阵地。

这里是第23军的渡江地区，23军军长陶勇当即命令沿江部队加强警戒，密切监视英舰的举动，同时分别向兵团和野司报告，请示如何处理。

下午4时，东集团即将渡江，时不我待，第10兵团第23军炮兵和配备在第10兵团的特纵炮兵第6团奉命向两舰开火，英舰用大口径舰炮还击，炮弹击中86师第202团团部，正在召开会议的团长邓若波、参谋长王保哲当场牺牲，另有42名官兵受伤。

解放军将士义愤填膺，炮6团和部署在沿岸阵地的炮兵以强大的炮火霹雳般的向英舰倾泻，水柱四溅，硝烟弥漫，顿时英舰所在的江心烟雾腾腾。

一发美制榴弹击中了“伦敦”号指挥台，气浪冲天，把英舰长卡札勒打下甲板，双腿齐刷刷折断。炮弹的碎片八面开花，撕碎了梅登洁白的海军制服。英舰被迫放弃救援“紫石英”号的行动，调头逃往上海。

“紫石英”号事件引起了世界舆论的广泛关注。英国伦敦白金汉宫的少数人却感觉颜面受损，坐立不安，有的强词夺理为英舰的暴行辩护，有的则公然叫嚣要派航空母舰到中国上海实施报复行为。

4月30日，毛泽东以中国人民解放军总部发言人李涛的名义，起草了《中国人民解放军总部发言人为英国军舰暴行发表的声明》，痛斥了英国人“实行武力报复”的狂妄叫嚣。声明中说：

“长江是中国的内河，你们英国人有什么权利将军舰开进来？没有这种权利。中国的领土主权，中国人民必须保卫，绝对不允许外国政府来侵犯。”

“紫石英”号事件引发的军事冲突虽然规模不大，但却具有划时代的意义。在英国，“紫石英”号事件被视为大英帝国在中国实行了百年的炮舰政策的最终收场，也被视为列强时代在中国的终结。在中国，则象征着即将登上中国政治舞台中心的中国共产党人捍卫国家主权坚如磐石的决心，也昭示了即将成立的新中国的外交政策，中国人民忍受屈辱外交的时代已经一去不复返了。

4月21日下午，各军的渡江第一梯队陆续向江边出发地集结，准备渡江。

要出发了，战士们把百姓的院落打扫得干干净净，水缸里的水也挑满了。大娘、大婶们想尽办法往战士包裹里塞各种吃的。

随军的船工、民工们也早早地和家里人告别，来到营地。各村各埭的老百姓则根据命令，从江边赶到北部界河边相对安全的村子里，有亲戚的投奔亲戚，没亲戚的找到老乡。来不及赶的，也早早地躲到屋后竹园里挖好的防空洞里去了。

黄云芳，时为第23军第67师文工队指导员，她回忆说：

下午，野战医院领导召开了紧急会议，布置渡江的准备工作。部队在江边的芦苇丛中吃了晚饭，就地待命。

晚上8点多又召开紧急会议，决定了渡江的具体时间和队伍的编队序列。医疗队共有100多人，加上随军的民工一个连（负责运送伤员的担架队），共300余人。渡江时又分别编为前、中、后3个队，每队百余人。医疗队的正、副队长加上我各带上一个队。副队长是个男同志，带前队，我带领中队，正队长是个女同志，也是医务干部。野战医院领导分析，一旦在江上打起来，越是后面可能伤亡越大，所以就把队长放在了后队。任务是清楚了，可如何渡法，船在哪里，我们都不太了解。领导说："渡船由地方准备，你们回去各自带好自己的人马就是。"

……

渡船很小，每条船只能乘八九个人。随军民工都是山东人，习惯抽旱烟，上船前宣布纪律，江上不准大声说话，禁止吸烟，互相联系时用拍手的办法。

丁奖兴，靖江人，渡江时任第29军第85师第255团第1营第1连副政指，他回忆说：

下午3时，全营召开军人大会，传达了上级向江南进军的作战命令，号召人人勇当突击队员，船船争当突击船，部队代表和船工代表都纷纷表了决心。

当晚7时，全连集合准备登船时，我命司务兵取来水酒，高连长与我一同给每位船工、每个战士敬了一杯。这时，新港镇当地群众也纷纷聚来，男女老少有200多人，他们拎来了煮熟的鸡蛋，硬是揣在战士们的口袋里。我带领全连指战员振臂高呼："感谢靖江人民，'打过长江去，解放全中国'"。站在群众中的一位地方干部，也带领欢送的人民群众高呼："支援解放军，打过长江去，解放江南人民。"随后，部队依依不舍地向乡亲父老挥手告别，各自登上自己的船只。我率领二排与排长江汤海一起登上了一对父女俩送我们过大江的帆船。

船工段祥富回忆：

4月21日下午，我正在船上做渡江准备工作，突然解放军的张指导员跑来通知，毛主席、朱总司令命令我们今晚10点开始渡江。我兴奋得一把拉住老张的手说："终于盼到这一天啦！"

当时我们全家按上级的命令，备了8天的干粮。渡江地点是在靖江县的罗家桥。这儿是长江下游，江面宽达10多里，流急浪大漩涡多。不停的浪击声音，就像在向我们挑战似的，看我们有没有胆量过去。

船工周克洪回忆：

1949年农历三月廿四（4月21日），部队里一个姓杨的干事召集我们五圩港四十几个船老大开会。当时是上午，地点在一个竹园里。内容就是关于渡江的事。

五圩港不大，我们的船停在港里，两边用竹子插上，伪装起来，防止敌人的飞机发现轰炸。江堤上是解放军的炮兵。解放军渡江前大约半个月，我们每人每天供应10斤到15斤粟米，那时没有纸币，买肉、买鱼、买青菜都是用粟米去换，我记得每隔几天就要到生祠粮站去领米。

吃过晚饭后，大家就登船，准备渡江。五圩港口原先打了一道坝，先把坝拆掉，所有的船依次驶出来，在江面等着，然后一起过江。

向导顾发正回忆：

渡江那天。部队提前吃晚饭。上级命令：今夜过江，要保密！回去后，不准乱跑，各人待在自己的营队里，听指挥统一行动。天还没暗，部队就发出过江的命令，我负责的营队开始出发，战士们行动敏捷，但非常镇静。稍暗，我们就到了江边，船只早已准备好，我们上了船。

万事俱备，只欠东风。

即便到了1949年，民间船只的动力仍多靠风帆与木桨，柴油船很少。因此，大军渡江，光有船还不行，还得靠风。4月21日下午，所有在长江北岸靖江各渡口过江的战士、船工、民工都记住了一个细节，风向变了。

印伯伦，江苏泰兴人，离休前任中国军事科学院战役战术部副部长。渡江时任29军85师253团2营副营长。他后来回忆说：

21日，我们迎来了盼望已久的日子！此时此刻万事俱备，只待有一个理想的风势。不过我们需要的不是赤壁之战中孙刘联军攻曹的东风，而是借北风送我们一程。无奈，上午天公不作美，偏偏是西南风劲吹，我们由东北向西南航行正是逆风而上，大家都明白，逆风行舟是多么困难。怎么办？有困难也得顶着上。连里同志在纷纷想办法，我们几个营的干部走到哪里，便听到看到同志们在议论，并都表示将用铁锹、木板与船工一齐划，无论如何也得渡过去。

下午，风发生了剧变，来了一个180度大转变，突然由南风转为东风，不知是谁把这一信息传开了，我看到王开德营长、宋林奇教导员和赵伯英副团长，都难以抑制激动的心情，王开德说“天助我也！”赵副团长接上话茬：“得道多助嘛！”

丁奖兴回忆道：

我连的3条帆船和兄弟连队几百条突击船一起，开出港汊，在新港镇后边靠岸展开，升半帆待渡，等候着启航命令的到来。滚滚东去的长江水，催促着手表的指针一秒秒地前进着，霎时，东南风刮起，阴云密布，因是逆风，船只不能航渡。我们均在静静地等候着。直到当晚11时，风向逐渐地变了，由东南风变成了东风。顿时，部队和船工个个欢呼跳跃，在一声启航的命令下，所有船只立刻拉满篷帆，按照各自的登陆点驶向对岸。

船工周克洪回忆道：

渡江那天，刚开始是西北风，到傍晚风向转了，变成东风，大家十分高兴。

船工查纪根回忆道：

4月21日那天，港长通知下午3时过后不准乱跑，都待在船上，我们都猜想是大军要渡江了。此时刮的是西北风，我心里想，如果西北风一直刮下去，今天渡江凶多吉少。我们弄船的有句俗话："东南风起一年，弄船人都不嫌。"如果此时刮起东南风，那就好了。

神兵天助，太阳下山时，忽然调了风向，刮起了东风。老百姓都说：诸葛亮借东风，毛主席也借到了东风，毛主席有洪福。有老天爷的帮助，哪有不胜的道理呢！

船工孙长保回忆道：

我是在九圩港护送大军渡江的。

记得4月21日那天，刮的是西北风，这种风根本无法过江，即使能过去，也不可能到达预定目的地。我们是渔民，成天和长江打交道，看到刮西北风，内心都很焦急。说实话，如果一直刮西北风，10条船过江恐怕只能落到两三条。

吃过午饭后，军队上一位姓唐的同志对我说："你休息休息，今天晚上可能要辛苦。"说休息，怎么也睡不着。我不害怕，真的感到这种天气过江实在不容易。的确，护送大军过江，头上有敌人的飞机，对面有敌人的大炮、机枪，如果老天再不帮忙，真不敢想象是什么结果。

说来也奇怪，到傍晚时，忽然开始转东风了。大家高兴得不得了，又拍手又笑。有的人说毛主席是诸葛亮，把东风借来了。

不只是这些第一线的指挥员与船工，风向转变这个细节，也被指挥千军万马的将军们所牢牢记住。卢胜时任23军政委、谢云晖时任23军政治部主任，他们在《春风又绿江南岸——第23军渡江作战纪事》一文中，也有这样清晰的回忆：

晌午过后，我们几个人早早地来到了指挥所。陶勇同志拿起电话向各师询问情况，69师谭知耕师长报告：一切都准备好了，只等时间一到，立即启渡；就是老刮东南风，对帆船南渡不利。老陶望了一下窗外摇曳的垂柳，语气坚定地说："不管老天刮什么风，都挡不住我们前进的征帆，你告诉突击团的同志们，一定要发扬英勇顽强的战斗作风，努力克服一切困难，坚决完成渡江突击任务。”

说来也巧，也许是“天公”被解放军的忠勇精神感动了吧，不大一会儿，东南风竟渐渐地变了东北风。那徐徐而来的清风，吹得大家喜上眉梢，也吹散了一些船工和群众心头的愁云。起初当着东南风呼呼作响的时候，有些老乡很替我们担心。而今北风阵阵，他们那个高兴劲就甭提了。这个说：“想当年诸葛孔明设坛祭天7天7夜才借得东风，今天毛主席远在千里送来北风，更胜一筹啊”；那个道：“解放军渡江上顺天意，下顺民愿，老天爷也下凡帮忙了，看来‘蒋该死’真的该死啦！”

风向变了，但是哪种风变成另一种风，说法不一，版本众多。分析原因，一是回忆的偏差：大多数人时隔数年甚至数十年，再来回忆当天的风向，可能不太准确。二是所处方位的偏差：靖江江岸如一张拉满的弓弦，人们习惯沿江岸来确定方位，导致现在东沙人说的东和西沙人说的东，有很大的角度差。总之，在这个重要的历史时刻，在长江下游的长江北岸的靖江，大自然似乎重演了1740年前赤壁之战的神奇。人心向背，众志成城，似乎是无数人强烈的意愿在瞬间改变了天象。

伟大的时刻就要到来。新闻工作者不只是党的政策的宣传者，也是重大历史事件的记录者。4月21日，渡江各部队的新闻部门紧张地行动起来。

李俊海，离休前任南京高级陆军学校党史教研室主任，渡江时任第28军83师248团宣传股长，他这样回忆：

我们宣传股的同志，天麻麻亮就起床忙起来了。油印员老齐和运输员小王，把平时一担挑的油印机、钢板、蜡纸和油墨精简了一番，捆在一起，准备由老齐一个人来背。

其他股的同志们也在忙，因为前些日子，我们政治处的大部分同志都忙着下连，帮助进行战斗动员和组织准备工作，机关本身的准备都挤到这一天来了。我召开了渡江前的最后一次股务会，商讨了渡江登陆中的注意事项，过江后的工作和分工。尔后各自去做准备工作。尽管昨夜没有睡好，此刻，我毫无倦意。

出发前的一顿晚饭是大家都喜欢吃的水饺。全政治处的同志，都在伙房居住的一个农家大院里吃水饺，同志们又说又笑。有的说："古代英雄出师饮酒三杯，我们渡江作战吃饺子一顿。"有的说："打蒋匪如同吃水饺，一口一个，不愁不把他们吃光。"

当太阳落山夜幕下垂的时候，我团在靖江县下四圩港登上了准备横渡长江的木帆船。我们的一条船刚好容下14个人。船老大是一位苏北老乡，年约五十，朴实、亲切，颇有长者风度。我是这条船上的指挥员。

一上船便安排位置，船舱里对排挤上12个人，后2人负责掌舵。干事王泽琛自动要求当观察员，他是一个聪明能干的好助手，我乐于他执行这一任务。我们两个肩并肩坐在船头上。此刻，船老大发话了："你们从哪里打，我保证往哪里送，但是要听我的话，不要乱动，长江的风浪不是玩的。"

"好！请你放心，我们决不乱动。但是船冲向哪里，你须听我的，枪林弹雨不要怕，咱们配合好在战斗中立功。"我回答。[①]

一叶叶扁舟从各个港汊里钻出来，驶到了江边，编成战斗队形待命出发。眼前是千军万马，却听不到人们的一点声息，看不到船上的一线火光。巨浪拍岸，哗哗作响，仿佛为大军敲击出征的战鼓。指战员们沉默着，但内心里却炽热地等待着起渡的信号。

① 参见《横渡长江的时候》。

八　雄师渡江

1949年4月21日夜——历史将会永远记住靖江的这一天。

天色沉沉，东风劲吹，长江下游北岸，三江营至张黄港段，帆樯如林。一艘艘船只坐满了全副武装的解放军战士，他们右臂系着白色的战斗巾。暮霭苍茫，依旧难掩他们紧张又激动的神情。

靖江正东圩，10兵团临时指挥部，司令员叶飞左手拿着电话筒，盯着腕上的手表，当指针指向19点30分时，叶飞对着听筒大声说：开始！

正东圩也是第28军军部所在地，接到指令，朱绍清军长立即通过电话下达了出发的命令。19点40分，第244团、第247团、第248团和第251团各一个营作为第一梯队分别从上四圩、上六圩港、二圩港、下四圩港等4个港口扬帆启航。江风嘶吼着，一只只船像箭似的乘风破浪地向南岸驰去。

第28军采取的是强攻与偷袭相结合的手段，进行有重点的突破。各个师的具体的任务是：

第82师附第84师252团从上五圩港至下六圩港及其中间地带，向南岸东港头至申港间突击；

第83师附军警卫营等从下四圩港至头圩港间向对岸新沟、东港间攻击；

第84师附军侦察营等，由上四圩港出动，向申港两侧登陆；

第31军92师随我军由宏兴圩向野鸡村、夏港西沟登陆；

特纵炮5团、炮6团（3营）及军山炮团，组成2个炮兵群，封锁江阴敌舰活动，掩护渡江部队登陆。

肖峰，江西泰和县人，时任第28军副军长，他率领军前指随244团一营的船队出发。他在《申港突破，杨行激战》一文中回忆：

战士们一边使劲划船，一边轻轻地唱了起来。

春风吹，长江长，春风吹进长江水。
江南人民千千万，盼望大军快渡江。
不怕长江长，不怕路途险，
战斗回到红军的故乡……

歌声激励着每一个同志。

船过江心，大家都不由得紧张起来，警惕地注视黑沉沉的敌岸。50分钟后，我们的船队接近徐村西北的河滩，立即向北岸发出了火力支援的信号。顿时，我炮兵群按预定部署向守敌第一线阵地发起猛烈射击，一发发炮弹从战士们的头顶呼啸而过，不断地在敌军阵地上开花。在强大炮火的掩护下，勇士们迅速跳下渡船，越过近百米长的烂

渡江突击部队冒着炮火奋勇强渡

泥滩，冲向堤岸。

当解放军突然出现在敌人阵地前，敌人还不知道江防已被突破，从工事里钻出来问：解放军的大炮打完了没有？

警卫班长王碧成端着冲锋枪，对准敌人大声喝道：“解放军已经渡江了，你们赶快投降吧！”

敌人一听惊呆了，无奈地交出了武器。

第248团是从靖江下四圩港登船出发的。团宣传股长李俊海乘坐的是一只木帆船，坐有14个解放军战士。他这样回忆当时的情形：

当突击队的船越过江心，接近敌岸时，敌我双方展开激战，枪炮齐鸣，弹如雨下，火光闪闪，杀声震天。就在这个时刻，248团突击营112营，首当其冲，在前面冲杀。政教张一德同志与6连5班乘的船，突然被敌人打断了桅杆，船在波浪中打转，“怎么办？”“怎么办？”真急死人呀！有位战士急中生智。把自己的背包打开，拿出被子拴到半截桅杆上，两人拼力摇橹，终于赶上去了。

5连连长单巨田同志的船舵被巨浪冲垮。他是突击连的指挥员，赶不上去如何指挥登陆作战？他果断地命令战士，用打背包的绳子把舵捆好，使这条指挥船迅速恢复了原来的

解放军渡船奋勇前进

前进速度。

2连5班的船正在飞速地前进着，突然飞来一颗炮弹在船上爆炸，船被打掉了一大块，一位战士光荣牺牲，另有重伤1人、轻伤2人。这更加激发起同志们胸中的怒火，他们抱着烈士的遗体，给伤员包扎好，拿起所有的武器，驾着破船直朝敌岸冲去！

我们的船处于突击部队的后面，周围不断有炮弹爆炸，曳光弹常从左右穿过，远处传来敌舰艇的马达声响，敌机在上空嗡嗡叫。但没有人理会这些，只是督促船老大加速前进，“哪里打得激烈到哪里去！”

“看！我们的标灯。”王泽琛同志兴奋地叫了起来。大家的眼光立刻投向江南岸的一盏红灯，它迎着炮火，高悬在这江岸线上的半空。多么明亮，多么美丽！这本是一盏普普通通的马灯，如今却是解放军突破国民党吹嘘为坚不可摧的长江防线的信号，它标志着解放军业已登陆成功，建立了滩头阵地。它指引着我们前进的方向。

支前民工连连长祁玉良当时帮助渡江部队运送医疗物资过江，多年后回忆起当时的情景，依然历历在目：

当时风大雨大，全身都被打湿了。我们到了中途，又遇到五六艘敌兵舰，沿途打枪打炮。我们许多人坐在船上，子弹噼噼啪啪直朝头上打来。接近江阴时，恰遇退潮，船只搁浅，大家只好下船涉水上岸，靠着人拉肩扛，硬是将医疗物资运送到了目的地。

第28军军指在长江南岸开设了前线指挥所，通过报话机同各突击队及江北联系。各部进展顺利。右翼第251团1营已占领朱家垫，向独木桥推进。左翼第247团1营突破敌前沿老新沟阵地，向小铺头逼近。第248团1营已深入北庄。军指命令已经登陆的4个营迅速向敌纵深发展，掩护后续部队南渡，同时指示江北炮兵实施第二次火力支援。

此时，江北后续部队大举南渡，几百只战船浩浩荡荡地向南岸开来，桅杆如林，帆篷蔽天。

北岸的炮兵群按前指命令向申港、沈家埝、舜过山、白石山等敌纵深进行第3次轰击，隆隆的炮声持续了20分钟，打得敌人丢盔弃甲，狼狈逃窜。第244团在第247团的协同下，乘胜追击，连续夺取魏家村、河间桥、范家桥和舜过山等地，歼灭敌230师一部。

第31军第92师的两个团也突破江防，在野鸡场一举登陆成功。

此后，朱绍清军长、陈美藻政委等率领后续部队登上南岸。10兵团司令叶飞、政委韦国清也随之渡江，并亲自指挥部队防敌战役反击。

22日清晨6时许，由敌51军统一指挥，该军114师从常州等地北开，协同申港地区守军敌21军30师，分两路向舜过山解放军阵地发起猖狂反击，企图乘解放军立足未稳之际，将解放军赶下长江。第244团和第247团坚守舜过山，将敌击退。

23日下午4时，第28军攻占了戚墅堰，从而切断了京沪铁路，割裂了敌人的防御体系，完成了战役意图。

第29军的渡江地段在28军的左翼，两军之间隔着八圩港敌据点。这个地段也是这次渡江战役的最东端，江面开阔，江中有西开沙岛阻隔，将突破地段截成两段。

遵照第10兵团部署，第29军加强特种兵纵队第1、第5榴弹炮团各1个营和1个高射机枪连（欠1个排）。

根据作战任务和当面敌情、地形，第29军展开两个师作为渡江第一梯队，规定各师第一步的作战任务是：

第85师为左翼第一梯队突击师，首先夺取西开沙、巫山港、香山各点，建立巩固的滩头阵地，击溃敌第123军可能对解放军的反击，尔后向云亭攻击前进。

第86师为右翼第一梯队突击师，担负攻占长山、肖山、黄山，包围江阴，控制定山、云亭，构筑阻击阵地，防敌第21、第123军反击，掩护主力登陆的任务。

第87师为第二梯队突击师。师指率第259、第260团于中天生港内柏木桥、耿公殿出港，随第86师跟进，于长山西段、石牌港之间登陆。尔后沿金童桥向峭岐攻击前进。第261团为全军后卫团，由段焕竞副军长指挥，在长山东段巫山港登陆，接替第85师的张家港、西三节桥、三胜圩防务，掩护全军后续辎重分队渡江。

军前进指挥所随第86师突击团跟进，军属炮兵团随军前进，于石牌港登陆。军南岸指挥所设在石牌港，负责船只押送

百万雄师过大江

往返，接应第二梯队渡江。

军北岸指挥所设在新港，负责指挥一线部队、后勤部队、第二梯队人员渡江，调配船只。

当晚8时，作为第29军右翼第一梯队突击师，86师三个团分别从天生港、六助港扬帆启渡。256团在东，257团在西，258团跟进。突击地域在江阴长山、肖山、黄山一线，完成任务后，掩护29军主力在该地区登陆。

256团为渡江先头突击团，主攻长山。该团第1营、第3营为第一梯队突击营，分别由团参谋长陈龙泉、政治处主任丁瑞根率领，像两根离弦之箭，直指江南。

第1营第1连（加强一个机炮排）起航在全团最前列。由营长带队，每排一条船。顶风航行不到两三里，突然东北风大作，帆船像箭一样向南岸驶去。由于事先侦察好航行路线和登陆地点、道路，所以渡江非常顺利，不到一小时就到了长山中段山下浅滩。当时正是小潮汐，水浅滩长，木船再不能航行。战士们跳下水，迅速地涉水跑过半里多长的浅滩，只用50分钟就从北岸抵近长山中段。晚9时，第1营第1连第1排率先上陆，以勇猛矫健的动作冲上山顶，一举攻占了敌5座碉堡，打开了突破口。21时50分，长山顶升起了红色信号弹。

第3营抵近石牌港时，遭敌射击，指战员们下船涉水冲上滩头，登陆成功。

第2营随后攻克长山西段，歼敌一个排，建立了滩头阵地，并以一部迅速向东段发展。

随后，256团指挥所和后续部队源源不断地从石牌港登陆。紧接着，第257团、258团也次第渡江成功。

第85师于21日晚9时开始渡江，担任第一梯队突击任务的是第253团与第255团。

第253团集结于安宁港口，任务是攻占西开沙。

西开沙是长江中一个比较大的江心洲。东西长5公里，南北宽约4公里，北距靖江3公里。距第253团集结上船的地点安宁港7.5公里。南距巫山港 1公里，为敌江防前哨据点。敌人以一个加强营守备，企图与我背水一战。

第253团团指率第1营、第2营攻击西开沙，并以第2营担任主攻。晚10时，第2营第4连、第5连先后抵达西开沙西北部和北部敌岸滩头，立即下船发起攻击。左翼第1营第1连、第2连从西开沙东端突击上岸，协同第2营作战，于24时全歼守敌，攻占西开沙。

19时，第255团在新港集结渡江。由于当时刮的是东南风，阴云密布，船只不能航渡，只能静静地等候着。直到当晚23时，风向逐渐由东南风变成了东北风。顿时，部队和船工个个欢呼跳跃，在一声启航的命令下，所有船只立刻拉满篷帆，按照各自的登陆点驶向对岸。

第255团的任务是攻占巫山港与巫山。255团以第1营攻占巫山港，并以第1连为突击连。当船只靠近滩头时，敌人以密集火力向江中射击。在1连连长高龙宝的组织带领下，指战员英勇顽强，向敌猛扑，经过多次反复争夺，巩固了滩头阵地，扩大了登陆点。敌人向巫山狼狈逃窜。22日拂晓，第1营各排随即向巫山进击，很快控制了制高点，攻下了巫山。

第254团也在新港集结上船。该团奉命在新港用汽艇拖运255团的部分船只，延至22日凌晨2时30分才出港，拂晓前在长山西段登陆后，即以部分兵力协同第86师部队向长山东端之敌团指挥所展开攻击。团率主力向纵深发展，打退了敌人的反击，抢占了凤凰山、香山，并派出一个加强连至香山东北的西三节桥，向杨舍方向警戒。

第85师攻占巫山之后，协同兄弟部队攻占了长山，抢占了凤凰山、香山等地，歼敌千余人，胜利完成了渡江战役第一步作战任务。

22日凌晨，作为第二梯队，第87师开始渡江。

22日3时，29军指挥部在石牌港登陆。

22日上午，全军渡江完毕。部队渡江后，随即展开了大规模的追歼战。

经过八昼夜的连续作战，第29军歼敌第21军、第123军和江阴要塞守备总队各一部，毙伤俘敌1781人，接受投诚324人，解放了苏南重镇无锡、苏州，胜利完成了突破江防和追歼敌人的任务。

第23军在第28军的右翼，3个从靖江渡江的军，以第23军的渡江地段最为复杂。从靖江上四圩港的河西到泰兴的口岸（今属泰州市高港区），南岸江阴的东龙港（小龙港）到丹阳的黑木桥，这里是长江中下游地带最复杂的江段。光是从七圩港到天星桥这一段，江面最宽处近20里，中间有沙岛10个。幸亏长江工委很早就考虑到这一点，利用关系，争取了中心沙和东龙港的敌军一个营长、一个排长和一个班长，以及江南魏村一个师长、夏溪一个团长，作为内应，使得第23军在这一地段渡江要顺利许多，并能够向纵深发展。

第23军的渡江部署是以第67师第200团与第69师第207团为渡江第一梯队，担负突破敌人长江防御，占领南岸滩头阵地任务。第68师除以第202团第3营攻占江心下开沙，保障主力右翼安全，其余为军的第二梯队。

第23军是“半帆待渡”的发明者，渡江也比别的军快了半拍，19时30分，军长陶勇一声令下，一只只战船从青龙港、九圩港驶出，像离弦的箭一般飞离北岸。这是207团的先头船队。他们采用的正是“半帆待渡”，将帆篷展开一半，用竹竿木棍撑稳船体，听到命令后，立即升帆出航。

这一招果然有效，加之这时正刮东北风，敌军没有料到解放军会于此时渡江，更没料到解放军的船如此迅速，只用了16分钟，第207团先头营就顺利地到达了南岸，随即向北岸发出3颗红色信号弹。

“成功啦！”“登陆成功啦！”长江北岸，紧张观望的人们顿时响起一片欢呼声。

北岸炮兵群立即实施火力打击，解放军先头营奋勇前进，左右横扫沿岸之敌，连续攻占了4个港口，巩固扩大了滩头阵地。仅一个半小时第207团就全部登陆南岸。

19时50分，第200团在副军长兼军参谋长梅嘉生的指挥下，由界河口启渡，一刻钟便在乌泥河登陆成功。团主力登陆后，当即向天生港、下三圩港、桃花港等敌阵地猛烈进攻，迅速扩大登陆场。

如梦方醒的敌人对解放军登陆部队和后续部队发起了疯狂反扑。后续部队在登陆中遭遇很大困难。第202团“71号”战船驶至天生港附近，突遭敌火力袭击，伤亡20余人，其余战士毫不畏惧，纷纷跳入齐胸深的水中冲向敌岸。前进中排长牺牲，一班长挺身而出代替指挥，带领剩下的10多人顽强突破敌火力封锁线，歼敌一个连，保障了后续部队的登陆。

船工水手奋勇输送部队，篷索被打断了不能升帆，就摇橹划桨；船板被打穿漏水，就用衣服被子堵，用身体挡；艄工牺牲了，水手接过舵把继续前进；为了减少船工伤亡，不少干部、战士主动用自己的身体掩护他们。随军渡江的民工冒着枪林弹雨抢救伤员，有的拿起武器直接参战，为夺取胜利做出了可贵的贡献。

午夜时分，23军军长陶勇与政委卢胜、政治部主任谢云晖等随同军指登船南渡。江面上，不时落下敌岸纵深射来的炮弹，激起一个个巨大的水柱，震得小船直晃悠。远处，飘荡着几只被打翻的木船，有的还在燃烧。

部队正向纵深扩张，战斗激烈地进行着。

22日凌晨，第201团2个营在潘墅镇、师姑墩与敌291师遭遇。1营勇猛顽强，攻占师姑墩，并连续击退敌一个团的多次反扑。3营孤军突入潘墅镇，在敌师部中心开花，当场击毙敌师长，击伤其副师长，打乱了敌人的指挥。早上8时，解放军增援部队赶到，敌见大势已去，落荒而逃。在此前后，各师主力相继攻占石庄、徐墅、百丈、圩塘等要点，并打通了与两翼友邻部队的联系。

23日早晨，军侦察营攻占武进，歼敌一部，截断了京沪线。至此，第23军完成了上级预定的作战任务。

第31军是10兵团的战役预备队，被部署在其他3个军的后方。

其渡江部署是：

军率第91师、93师，尾第29军由中天生港至老庄头一线起渡，于江阴以东石牌港、白沙港一线登陆。

第92师归第28军指挥，由田盛圩、老义和庄一带起渡，在江阴以西新店、石子街地段登陆。

各部队均有配合兄弟部队肃清沿江守敌的任务。

虽然是渡江第二梯队，31军对渡江的前期准备依然不敢懈怠，除了和其他军一样的动员、训练外，周志坚军长还亲自带领团以上指挥员到八圩港、天生港等地勘察江岸地形，侦察对面敌情。

部队本来已经拉到临江地区备战训练，由于渡江时间推迟，需要空出第一梯队的渡江出发地域河港，所以又只得撤返至海安附近。直到4月21日，第31军开始向靖江县城两侧沿江一线推进。当日午夜，在第一梯队第29军主力过江之时，第31军也紧跟南渡。

由于渡船数量有限，必须等到第一梯队的船只返航回港才能起渡，所以拖延至4月22日凌晨6时，第31军仅有第271团、第276团各渡过两个营，第277团渡过1个营。作为渡江的第二梯队，第31军以大局为重，克服各种困难，在渡江战役中的表现可圈可点。

第277团一部登上南岸后，当即追歼江阴逃敌，截获物资10余船，俘敌百余人。22日16时，第31军两个团占领了江阴城，守敌21军军部闻风逃窜。第274团上岸后，连续击退敌人4次反击，1营沿江向东攻击，前进至金家店，歼敌230师一个连大部；3营于18时击溃大浦头之敌后，22时逼近夏港镇。我军另一部在江阴击伤并俘获敌威海舰，俘敌副舰长以下七十余人。

至23日早上，31军主力部队全部登上南岸，后勤辎重分队随后继续南渡。

23日11时，兵团根据野战军首长指示，向各军下达了追歼逃敌的命令。第31军除暂留一个团控制江阴城，掩护后续部队渡江外，主力迅速向武进挺进。

除了渡江作战的4个军以外，当时的靖泰县境内还有三野特种兵纵队两个榴弹炮团。特纵司令员陈锐霆，政治委员张凯。

1949年3月中旬，三野特种兵纵队司令部，由徐州西北之黄集出发，经徐州市向淮阴、泰兴、靖江方向开进。

特纵的渡江作战任务是，以下属各炮兵团（炮1、炮2、炮3、炮4、炮5、炮6团）及骑兵团、工兵团均配属三野各兵团，重点配置在枞阳至无为、扬州至靖江一线，担任摧毁敌江防工事，打击敌海军窜扰，掩护解放军渡江登陆突破的任务。

根据三野前委的作战部署和有关指示，在特纵6个直辖炮团中，4个骡马牵引的日式榴炮和野炮团，分别固定配属4个兵团。其中炮5团、炮6团（3个营）及高射机枪连（2个排）配属给在靖江地区的第28军。

另有美式105榴炮营配属给第29军，在靖江新港西面的罗家港、杜家港、小桥港、上天生港地段设置发射阵地，分别组织火网封锁江面，保障渡江部队的安全，并压制军山、黄山敌人要塞炮火。

还有一个日式榴炮营配属给29军，在新港以东丹华港、青龙港地段设置发射阵地，组织火网封锁荻漕港、玉祥宅圩江面并压制敌要塞炮台阵地。

4月20日，英海军“紫石英号”驱逐舰在解放军即将渡江前，无视警告，闯入长江水道，在三江营江面被特纵炮兵击伤。4月21日上午，英舰“伦敦号”“黑天鹅号”闯入28军防区，三野特纵炮6团奉命发起炮击，英舰仓皇逃往上海。

4月中旬，特纵各炮团先后进入江边阵地。解放军炮兵对南岸敌军的防御设施、碉堡和火炮位置，都编号绘图，测算出射击诸元。炮兵与船上突击部队的联络，都规定了各种信号，以保证各个突击部队顺利渡过长江，占领滩头阵地。

4月21日19时，炮5团、炮6团以猛烈炮火支援第10兵团发起渡江。炮6团派出挺进队随同步兵先头部队渡江，以步话机与北岸保持经常联络，不断根据步兵登陆、追击的情况向炮兵及时提出要求，取得了良好的射击效果。

至22日晨，炮兵掩护步兵渡江顺利结束，任务即转为阻击敌舰，封锁江面。

23日22时，敌舰10余艘由南京东逃，遭沿岸解放军炮兵猛击，除有五六艘逃窜外，其余“新安”“威海卫”“永绩”“汉川”等6艘均为解放军击沉、击毁、击伤或搁浅于江阴附近。在强大的政治、军事压力及炮火威胁下，47艘敌舰起义或投降。至此，三野特纵基本上完成了上级所赋予的封锁长江的任务。

当百万雄师横渡长江的炮声打响之后，位于江南的江阴黄山要塞指挥部中一片混乱，报话机、电话机响个不停，都在互相询问消息，但是全无头绪。王征明指示吴铭换上炮台士兵服装，协助唐秉琳、唐秉煜一起掌握炮台。

吴铭刚到炮台，王征明打来电话，说大军正在渡江，要求唐氏兄弟不准开炮。但此时，踞守在八圩的国民党21军打电话过来质询：炮台为什么不开炮？吴铭说：现在情况不明，往哪里打啊，你们掌握到什么情况没有？

21军也说情况不明。

这时，炮台司令戴戎光急急来到总台，唐秉煜把他安排到台长办公室休息，安慰他说一有情况即刻向他报告。

21军又打电话过来催促，要求炮台打几炮助助威。无奈之下，炮台向八圩港的21军145师打了几炮，又向解放军的后方孤山地区打了几炮。

145师被轰得晕头转向，打电话过来破口大骂。

这时候，戴戎光接了参谋总长顾祝同的电话，神色紧张地跑过来，叹气说："丁治磐在顾祝同那里告我的状，说我不听指挥。总长说再不听指挥，就要军法处置。"过了一会儿，戴戎光有气无力地宣布顾祝同的悬赏命令，什么立功重赏，歼共军多少人赏多少云云，要求吴铭、唐氏兄弟逐级向下传达。

此时，大军已全面渡江，国民党全面溃逃，盘踞在八圩港的21军145师也准备南逃。吴铭等命令炮台向145师的阵地炮击，炸得145师鬼哭狼嚎，打电话过来痛骂："怎么又打到我们头上来了？"

唐秉琳说："共军已经过江，正向南进军，我们用炮火追击。"

21军在电话那头骂道："我们不是给共军打垮的，是被你们黄山炮台打垮了。"

晚9时多，唐秉煜把已经被策反的通信连副连长李容有叫到山坡上，要他立即切断电话线。5分钟后，戴戎光与外面的联络全部中断。戴戎光还蒙在鼓里，在床上躺了会又困兽般的冲出指挥所向江面瞭望，忽然狂叫道："船，船，共军过江了，开炮——向共军开炮——唐秉琳哪里去了，再不开炮我要他的脑袋！"

旁边的唐秉煜还在帮打马虎眼，说："司令，现在还看不清，不知是船还是水波的影子，摸不准，放空炮，浪费弹药啊。"

其实这个时候，唐秉琳正指挥炮台向溃败的国民党轰击。而黄山炮台下面已经出现了解放军的身影。唐秉琳大声命令不准开枪，以防误伤自己人。

22日凌晨3时，唐秉煜、李干和吴铭在指挥部外面开了个小会，决定由吴铭代表地下党向戴戎光宣布江阴要塞全体官兵已举行起义，命令戴戎光缴枪投降。唐秉煜负责收拾戴的警卫班，李干负责掩护吴铭。

大家分头行动，唐秉煜以两挺机枪封锁了指挥所的出口，又提着手枪进入指挥所，后面跟着4名端着冲锋枪的士兵，控制了掩蔽部的通道。

唐秉煜把戴戎光叫到吴铭面前，介绍说："这是吴铭同志，是解放军驻要塞的代表。"戴戎光感到很突然，等他明白之后，颓然道："事已至此，我就缴械吧。"

唐秉琳等召集全体要塞部队在射击场宣布起义，解放军29军与要塞起义部队胜利会师。

叶飞后来说：

> 江阴要塞起义是有大功的，它不仅减少了解放军可能付出的重大伤亡，而且使我军在江阴段得以顺利渡江突破，加速了战役的胜利进程。这个功劳应归功于华中工委的远见卓识，归功于要塞地下党同志的机智勇敢与我29军同志的积极配合。[①]

---

① 中国人民解放军历史资料丛书编审委员会编，《渡江战役》，叶飞篇《飞渡长江会战淞沪》，解放军出版社，1995年3月。

4月22日黎明，解放军占领江阴要塞

在第28军渡江第一梯队刚出发不久，10兵团司令叶飞就急切地催促兵团部作为第二梯队登船出发。

东集团10兵团作战区域直面江阴要塞，又易遭受敌东西夹击，情势严重，因此陈毅、粟裕特别交代叶飞，要他跟随第一梯队登陆，直接掌握战场情况，实施靠前指挥，及时处置战事。

10兵团渡江的3个区域，第28军位于中间，为了指挥便利，叶飞决定兵团部随28军渡江。战役发起前夕，叶飞就把兵团指挥部移至正东圩。叶飞提议由政委韦国清留在兵团部指挥后续部队。韦国清执意不肯，表示要与叶飞一起行动，叶飞只得尊重他的意见，让参谋长陈庆先留下来指挥。

钱刚，时任10兵团司令部3科副科长，他也是作为第二梯队登上渡船的，他后来回忆：

> 那天风浪很大，船只之间很难保持队形，雾气又很浓，相互看不清。但大家奋力划船，只有一个目标，尽早登上对岸。结果，我们属于第二梯队行动的，却提前第一梯队登了岸。登岸后，天还不大亮。[1]

① 钱刚,《参加渡江战役》,出自《通信兵故事9：英勇顽强篇》,军事科学出版社,2001年6月。

但是，当叶飞登上渡船后，震惊地发现，身边除了一个警卫排，什么也没有，连最重要的电台也没带。

这个时候渡船已经扬帆启航，再折返回去调电台，已经不可能。他只得与政委韦国清硬着头皮乘着渡船南进。他希望过江之后与第28军军部会合，然后借用第28军的电台来实施指挥。

麾下十万虎贲之士如离弦之箭扑向江南，作为最高指挥员的叶飞因为没有电台，而无法掌握各个军的进展动向，从而也无法直接下达命令。另一个要命的问题是，他也与野司和总前委失去了联系。可想而知，叶飞与韦国清心里多么惴惴不安。

多年之后，已是人大常委会副委员长的叶飞，在回忆到渡江战役中这一意外插曲时，仍然难掩愠怒。他在《飞渡长江，会战淞沪》一文中这样说：

> 当时我对参谋长不很了解……我有点恼火，千军万马渡江，即便是再轻装，电台也不能不带，这是参谋机关起码的常识。可见新建机关工作还没有走上正轨。

10兵团的参谋长是陈庆先。陈庆先也是一位久经沙场的老将，履新之前任江淮军区司令员。

22日凌晨，叶飞、韦国清的渡船在江阴申港登陆。按照预定计划，成功登陆后，10兵团的指挥部位置应当设在江边的一座小村子里。第28军登陆后，必须首先占领这座小村。

天蒙蒙亮，下着牛毛细雨，能见度很低。叶飞与韦国清带着警卫排接近了小村口。叶飞很谨慎，他让参谋“小广东”黄云进村侦察。黄云一进村就碰上一个国民党的哨兵喊话。黄云很机灵，三言两语就从对方口中套出实情，原来这个村子驻有国民党的一个团。

黄云又心眼一动，就说：“师长到了，要问你话。”

这个哨兵傻乎乎地被黄云带到叶飞面前。

经过审问后，才知道28军还没有赶到这个村子，真是好险，如果糊里糊涂进了村，后果不堪设想。

叶飞、韦国清等人退出这个村子，火速向另一个方向疾进。走了一里多路，终于在江阴申港附近大路桥找到了第28军的先头部队，此时已经是凌晨2时，叶飞立即在此设立了指挥部，借用该部电台，与各军、野司及总前委取得了联系。

此时，10兵团已经有3个军9个师29个团渡到南岸。登陆部队勇猛顽强，势如破竹。

战至中午，23军控制了百丈镇为中心的圩塘、徐墅、乔墅等地，歼敌第8师2000余人；28军在申港歼敌230师，俘师长骆周能及参谋长以下2000余人，继而攻占了马鞍山、三河口以西地区，控制了秦皇山；29军已控制了南闸、江阴东南一线。至此，解放军已控制并建立了东西百里，南北20里的滩头阵地，并继续向纵深扩展。

按预定计划，参谋长陈庆先率兵团部随第二梯队过江。当登船后，恰巧有几艘国民党军舰逃往上海。陈庆先误认为是国民党海军封锁了江面而暂时停渡。待情况查明天已大亮，为了避免渡江时遭受敌机轰炸，第二梯队不得不推迟到22日晚上启渡。

4月22日上午7时，泰州白马庙，彻夜未眠的粟裕、张震将东集团各部渡江情况电告中央军委：

截止今晨6时，各军进展情况如下：

一、25军5个团已登陆扬中，正向纵深攻击中。

二、23军已控制上三圩至利港段，先头部队已控制璜土镇、徐墅、乔墅、圩塘。该军除2个多营尚未渡完外，均已全部登陆。……

三、28军已全部由王师塘、金家甸登陆完毕，正向纵深发展，待报。

四、29军全部由长山附近登陆，并于福姜沙（实地为新开沙）歼21军加强连大部，缴榴弹炮1门，余续围歼中。

五、31军尾28军，马已南渡2个团，主力拟本晚续渡。

……

与此同时，渡江西集团在刘伯承、张际春、李达的指挥下，从安徽枞阳镇至望江段渡江，进行得也异常顺利。先头部队仅用了15至30分钟，便突破了国民党军的江防。第12军、第11军在乌沙闸以西，第16军在黄石矶及其以南，第15军在香口附近，第13军在马当附近分别登上南岸，抢占滩头阵地。各军后续部队源源南渡，对敌实施连续突击，迅速向左右两翼及纵深扩张。至当晚21时，该集团已渡过16个团，控制了宽100余公里、纵深10余公里的陆上阵地。

当晚，北京西山双清别墅，中共中央主席毛泽东亲自为新华社撰写了一则新闻稿《人民解放军百万大军横渡长江》，刊载于24日的《人民日报》上，后被收入《毛泽东选集》。

【新华社长江前线22日22时电】人民解放军百万大军，从1000余里的战线上，冲破敌阵，横渡长江。西起九江（不含），东至江阴，均是人民解放军的渡江区域……

时任靖江县委书记的汪青辰后来在回忆这段历史时，颇感遗憾地说：

《毛泽东选集》上所指的江阴，实则是指江阴的北边，即我们靖江县。[1]

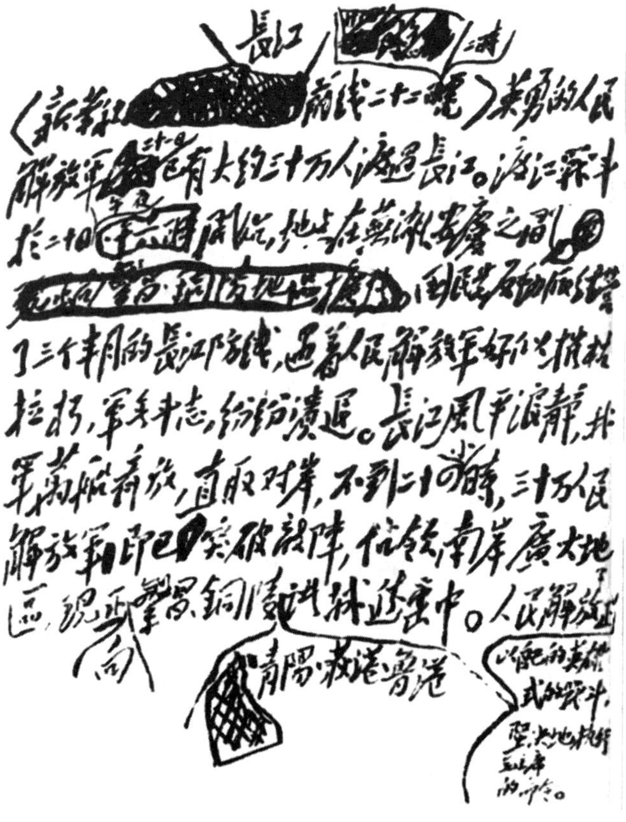

《新华社长江前线二十二日二时电》英勇的人民解放军二十一日已有大约三十万人渡过长江。渡江战斗于二十日午夜开始，地点在芜湖安庆之间，国民党反动派经营了三个半月的长江防线，遇着人民解放军好似摧枯拉朽，军无斗志，纷纷溃退。长江风平浪静，我军万船齐放，直取对岸，不到二十四小时，三十万人民解放军即已突破敌阵，占领南岸广大地区，现正向繁昌、铜陵、青阳、荻港、鲁港推进中。人民解放军以自己的英勇战斗，坚决地执行了毛主席、朱总司令的命令。

毛泽东起草的解放军胜利突破长江的新闻稿

① 参见汪青辰《全力以赴支援大军过长江》。

九　群英荟萃

在这场伟大的渡江战役中，靖江人民不只提供了坚实的后勤保障，更有许多靖江籍指战员直接参加了渡江作战，他们舍生忘死，前赴后继，冒着敌人的炮火，直下江南，汇入了解放全中国的滚滚洪流之中。

在抗日战争与解放战争期间，靖江曾经开展过3次大规模的参军运动。第一次是1940年10月。第二次是1946年秋，土改结束后。第三次是1948年冬。仅就1948年冬掀起的大参军运动中，据孤山、西来、太和等7个区统计，共2416人参军，其中进入主力部队1458人，送军分区588人，补充靖泰县独立团370人。

此外，作为名震苏中的地方武装，靖江县独立团也曾多次成建制的上升到分区或其他主力部队，为革命胜利与全国解放输送了大批有生力量。

1941年7月，靖江县独立团的前身——靖江县警卫团与泰兴县警卫团合并，组建为靖泰警卫团，上升军分区。中共靖江县委以留下来的特务连为骨干，以各区乡的抗日自卫队为基础，建立了靖江县抗日自卫总团，9月，改称靖江县独立团。

1944年3月，靖江县独立团第1连上升主力，编为分区特务营第4连，后来编入苏中军区特务三团。

抗战胜利后，靖江县独立团第一营全部上升军分区，与如西县独立团的两个营被编为苏中1师1旅1团。莱芜战役后，编为华东野战军4纵10师28团，淮海战役后编为第23军第67师第199团。

1949年3月，为了在渡江后清剿残匪及维持苏南城市及广大农村的治安，奉上级命令，华中第一军分区（辖靖江、泰兴、如皋、泰州、海安、东台、台北等7个县的独立团）组建成了华东警备6旅。靖江县独立团副团长孙滨、政治处主任祝自荣率领团直机关、炮兵连、警卫连、侦通连和第1营（3个步兵连，1个重机枪连），共1100人，上升为华东警备第6旅，与如皋、泰兴县团各一营编为第17团。

独立团第2营营长杨炳龙奉命率营部调警备第6旅山炮营任营长。政治教导员蒋九容调任第17团第2营任政治教导员。第2营第6连上升为第三野第24军。新兵第1连、第2连上升第三野特种兵纵队。

进入主力部队的靖江子弟兵大部分属于三野部队，主要在第7、第8、第10兵团以及特纵，都参加了渡江战役。华东警备6旅则跟随第23军渡江。

第29军第85师第253团第2营第4连的前身，是原靖江独立团1连，干部战士主要来自靖江。在1947年3月的李堡攻坚战中，4连表现英勇顽强，战绩突出，被授予“李堡四连”的光荣称号。

印伯伦，曾任4连指导员、连长，渡江时任第2营副营长。作为这支靖江连队的老领导，他对4连有很高的评价：

> 4连既是一个普通、平凡的连队，又是一个令人难以忘怀、战功卓著、集体英雄主义的连队。团里许多人称他为“蛮子连”（连里靖江人较多，口音与其他县市差异较大），打起仗来拼劲十足。[①]

4连是第29军第一批渡江突击部队。渡江战役发起当晚，印伯伦担当一线指挥员，乘第10号船，随4连出发。他亲眼见证了靖江子弟兵在渡江作战中的机智与勇猛，他后来回忆道：

> 突击连的船个个向前冲刺，船民们在战士们的助威下，冒着敌火，侧低着身子用竹篙全力向前推进，在离滩几米处，战士们纷纷跳入水中，向堤岸冲击，背水作战，大家不顾一切，迅猛上岸，抢占滩头阵地。4连2排、3排迅速下船，像猛虎下山般向江堤扑过去，一阵阵手榴弹在敌阵地爆炸。
>
> ……
>
> 4连突破敌江堤防线后，一鼓作气，向纵深猛插，在离

① 参见《足迹》，中国文史出版社，2006年6月。

敌营部不远处的途中与小股敌人遭遇，敌人大声叫喊问是哪一部分的？4连战士答：4连！敌人一听是“自己人”，继续向前走，双方一照面。战士眼快、手快，见对方是戴大盖帽的，冲锋枪猛扫过去，有4个躺在那里，其中有一个军官，带了几个兵，后查明是敌人的营长。江边上打起来了，他大概在后面待不住了，便带几个通讯兵，到前沿阵地去督战，才走到半途，不料被另一个同番号的四连击毙，他也许来不及道声误会呢！张仁才副连长与王守浩排长带部队继续向前穿插，前面有几间民房，2排、3排立即包围，敌人向我射击，说时迟，那时快，3排战士迅速冲进一间屋去，俘敌数名，其中有一个是敌人副营长。在攻击敌营部的时候，敌人集结约一个多排的兵力向4连一部反击，激战中伤亡8人，其中温连长也负了伤。4连张副连长和2排李学先排长指挥部队从反击之敌的两翼发起攻击，一举歼灭了反击之敌。

华东军区警备6旅17团是该旅的先头部队，紧随23军渡江进入江南。周时敏，靖江靖城人，离休前为内蒙古乌兰察布军分区副司令。渡江时任警6旅作战科长，据他回忆说：

22日，忽接三野首长电令，6旅随23军是夜渡江南进。为随时投入战斗，全旅轻装出发，将伤病员和辎重物资于靖江礼士桥组织留守处（渡江半月后陆续南下）。当晚全旅行至七圩港一线，因船只不够，仅由副旅长朱传保率18团、17团各一营作为先头部队，随23军尾后先行渡江，经圩塘、魏村、奔牛进驻常州，全旅（欠2个营）于23日由七圩港、界河口江面横渡长江。是夜，后卫与3艘向上海逃跑的英国军舰遭遇，双方交火，英舰熄灭舰上灯火，拼命往东突围，其中一艘“黑天鹅”号被北岸解放军炮兵击中，带伤沿南岸航道避开江阴要塞炮火，狼狈脱逃。还有一艘“紫石英”号早在镇江江中为解放军击中要害，无法行驶。解放军除少数战士落水无伤亡，仅后勤损失医药船一只。

部队在南岸魏村、圩塘、桃花港登陆，星夜兼程至龙虎塘。[①]

华东警备6旅渡江后，17团即撤销，分散组建了宜兴、武进等县总队和区中队，全力围剿太湖地区的匪特，接受收编工商界的自卫队以及遣送国民党的散兵游勇。

作为渡江的第二梯队，31军中也有为数不少的靖江籍战士。张一飞即是其中之一，他是靖江东兴镇惠丰村人，曾就读于盐城华东革大，毕业后被分配在31军后勤部。据他回忆说：

① 参见周时敏《渡江解放亲历记》,《档案与建设》1999年第3期。

31军接到参加渡江战役的命令后，先开到南通的平潮，又转向西，到达泰兴的黄桥镇。4月中旬，行军至靖江罗家桥港口。

4月21日下午，支前老百姓送来慰问品，有鱼、肉，还有靖江特产的豆腐和粉皮。我们美美地吃了一顿。天色渐渐暗了下来，江堤上，江岸边，看不到一个人，四周静悄悄的。

突然，江面上炮声四起，有火光在江面上迸裂，又瞬间熄灭。上级命令：那是英国军舰从南京撤退，沿途向北岸打炮，对31军不构成威胁，可以不予理睬。

下午5时以后，突然，南岸的黄山顶上升起3颗红色信号弹，还有类似手电筒之类射出的灯光。我们后来才知道，那是驻扎在江阴黄山的国民党军队，被解放军地下党动员策反起义了，解放军先头部队，早已悄悄渡江。

随着渡江命令的下达，解放军坐上一艘艘渡船，像离弦的弓箭一样向南岸驶去！

后勤部队的渡江时间是夜里9时至12时，3个小时必须过江。我和战友们冲到岸边，随便找哪艘船，只要坐足9人，就可以开船。那是一艘捕捞刀鱼的小船，除了9名战士，还有1名船工，1名民兵。小船摇摇晃晃，在江水中起伏不定。身边，不时有子弹穿梭，有炮弹飞落，激起高高的水柱。

到达南岸，我和战友们跳下船。上岸处江水齐膝，我们很快蹚过，来到岸上。路上，身边，都是川流不息的奔跑着的战士，还有不停的命令声：“快点，跟上、跟上！”

天亮后，公路上军用卡车、辎重车辆来来往往。我们终于找到所属部队，这才知道，我们的渡江大军已经横扫苏锡常，切断了京沪线。

捷报频传，但是，在解放大上海时，我们的部队经历了一次异常残酷的战斗。

那是在奉贤新高桥，当时叫外婆桥，国民党军队利用抗战期间日本人建造的碉堡，顽强抵抗。战事胶着，双方伤亡都非常大。连我所在的后勤部队也参加了战斗。就在这次战斗中，31军的娃娃兵连牺牲了11名战士。

这些都是我们刚入苏南招的新兵，都有初、高中文化，能歌善舞，是我们的“宝贝”，一般情况下不允许他们加入战斗。可那一次，一下子牺牲了11人，最小的才16岁。打扫战场，清理战友遗体时，我忍不住哭了！

多少年了，我都忘不了那些年轻的生命。战旗是用鲜血染成的。和平来得太不易了！

参加渡江战役的解放军中高级指挥员中，也有不少靖江人。如：

刘述周（1911—1985），靖江靖城人，渡江战役时任三野特种兵纵队副政委。中华人民共和国成立后任上海市副市长，上海交通大学校长，中共中央统战部副部长，中国科协第二届副主席。

陈民（1917—1977），靖江八圩（今属江阴—靖江工业园区办事处）人，渡江战役时任第23军第67师第199团政委。中华人民共和国成立后为辽宁省军区第一副政委。

还有一些参加渡江战役的靖江人当时只是营连干部，后来成长为中华人民共和国的将军或高级将领。如：

常裕（1928— ），靖江东兴镇人。渡江战役时任华东军区警备6旅16团营副政治教导员。后为兰州军区空军副政委，空军中将。

崔德顺（1924—1987），靖江新桥镇孝化村人。渡江战役时为靖江独立团一营副政治教导员。后为基建工程兵黄金指挥部副政委。

陆迪（1924— ），靖江长里乡（今属马桥镇）人。渡江战役时为华东军区警备6旅16团政治教导员。后为军委总参谋部炮兵部政治委员。

姚潮（1927—2004），靖江靖城人。渡江时为33军新闻干事。离休前为浙江省军区副政委。

丁连沄（1926— ），靖江东兴镇人。渡江时为29军86师团保卫股长。离休前为福建军区空军副政委。

李文书（1926— ），靖江东兴镇人。渡江时为华东警备6旅17团营副政治教导员。离休前为解放军铁道兵工程学院政治部主任。

祝自荣（1921—），靖江东兴镇人。渡江时为华东警备6旅17团政治处主任。离任前为长沙铁道兵学院政治部主任。

蒋光明（1922—），靖江东兴镇人。渡江时为华东警备6旅17团2营副营长。离休前为武警上海总队总队长。

有些靖江人参加过渡江战役，后来转业到地方，成为各行各业的精英。比如：

陆铭（1924— ），靖江隆旺乡（今属马桥镇）人，渡江时任第29军军部侦察队政治教导员。后为上海市计算机技术研究所党委书记、所长。

赵永耀（1928—2009），靖江太和区（今属新桥镇）人，渡江时任第29军第86师257团医务员。1958年转业，后为江西中医学院伦理学副教授。

芮少英（1924— ），靖江斜桥镇新港人，渡江时为24军72师后勤部处长。1966年转业至四川省商业厅任副厅长。

这些靖江子弟，经过抗日战争与解放战争血与火的洗礼，最后都成长为中华人民共和国的英才，渡江战役无疑是他们革命征程中熠熠生辉的一章。

戴学江，靖江孤山镇人，原国防科工委政委，上将，渡江时任三野第23军第67师第199团2营文化干事。他的传记中就有关于渡江时的回忆：

3月，第23军开赴长江北岸，准备参加渡江战役。第199团为做好渡江作战的各项准备工作，在团政治处专门成立工作组，协助团首长对部队进行形势任务教育和新区城市政策纪律教育，以及征集船工和筹集、修理船只工作。戴学江由第2营调到团部，任团政治处工作组副组长。开始时，工作组组长尚未到任，戴学江主动承担起工作组的领导工作。

其间，戴学江的父母得知儿子所在部队到了家乡，特地从几十里外赶来。两位老人眼含热泪望着儿子，一肚子的话不知从何说起。在分别的3年中，国民党军几度进攻解放区，父母因儿子参加解放军，不得不东躲西藏，同时又无时无刻不在挂念着儿子的安危。现在，看到自己的部队终于回来了，儿子长高了，长壮了，一身戎装，英武干练，怎能不百感交集。

待心绪平静下来后，父亲问戴学江，什么时候能回家？

戴学江说，咱们家世代住在长江边，可过去大江流的都是咱穷苦人的血汗啊！日本军舰、英国军舰、国民党军舰，耀武扬威，压得咱们喘不过气来。现在，大江很快就要回到人民手中，全国也很快就要解放，将来在部队工作还是到地方参加国家建设，都要听组织安排。

父母住了两天，高高兴兴地离开了部队。

4月20日夜，渡江战役打响。人民解放军千帆竞发，势不可挡。21日19时，戴学江随同第5连从七圩港上船，很快到达长江南岸，连夜对溃逃的国民党军展开追击。[①]

当然，更多的渡江战役的亲历者，只是普通战士，全国解放后复员了，成为工人，成为农民，成为新中国的一个默默无闻的建设者。光阴荏苒，斗转星移，转眼70年过去，他们大多数人已经离开人世……

除了这些穿行于枪林弹雨，奋勇冲杀的战士之外，在这场伟大的渡江战役中，最抢眼的应该就是那些运送大军南渡的船工。在渡江前夕，28军副军长肖锋曾专门对船工做了动员，他形象生动地说出了此役船工的重要作用：

千军万马的性命就在船老大手里，如果大炮一响，船头

---

① 出自《中国人民解放军高级将领传》，经中央军委批准，由中央党史研究室、总政治部组织编撰。

转战，全军要见海龙王，解放江南就成为空想！[1]

船工虽然没有拿枪，没有登岸作战，但是他们同样是战士，同样是功臣。根据地委支前司令部命令，靖江县总共动员熟练船工700名。渡江战役中，这些船工和解放军官兵一起出生入死，一次又一次地在炮火纷飞中往返。每一个船工都有着各自惊心动魄的故事。

1949年7月1日，苏北支前司令部发布《关于渡江战役苏北支前工作总结》（简称《总结》），其第三部分“总的收获与检讨”中说：

在这些模范人物与动人范例中（现在还没有全部总结与搜集齐全），其中最突出的，首先是在开始的抢渡任务中，如靖江特等功臣严声甫，在7里阔的江面上，他自己的船一夜送8趟大军过江，创最高纪录，并指挥95条船（他是队长）在弹火纷飞中，来回强渡，胜利完成了任务……

其他如靖江的船工英雄田世章，及被誉为“扬子江上英雄船”的特等英雄周盛友等，他们均是在这次渡江服务中，比较突出的英雄人物。

---

① 中共无锡市委党史工作委员会、无锡市档案局编，《“人民英雄船”在炮火中前进》，《无锡革命史料选辑第十三辑》。

《总结》中提到的3位靖江船工英雄，《船只船工》一章都已有介绍。

严声甫在渡江战役时任上青龙港船工支前总调度，指挥95条木船，连续操劳，4天4夜没有睡觉，出色完成运送解放军渡江的任务。他用自己的船，一夜8次运送解放军渡江。渡江结束后，苏北一分区渡江支前政治部举行庆功会，严声甫荣获“特等功臣”称号。

周盛友冒着敌人的炮火，一夜运送解放军4次。4月22日，长江风高浪急，有的船不敢渡江，他率先把船开了出去，其他船只受他影响，也纷纷开动。渡江战役胜利后，苏北一分区渡江支前政治部授予周盛友“特等英雄”称号，命名他的船为“扬子江上英雄船”。

田世章，即田士章，他的船从二圩港出发，船上载着解放军的突击队，率先登上江南。他一昼夜送了6次。渡江战役胜利后，苏北一分区渡江支前政治部授予他“特等英雄”称号，命名他的船为“渡江英雄船”。他领导的船队中，侯阿山所在船只被授予“扬子江上第一船”的光荣称号。

渡江前夕，中共苏北区委机关报——《苏北日报》组织记者组到靖江采访，由著名记者白夜（原名费启，江苏沭阳人）担任组长，组员有徐坚、徐中海等。记者组赶到靖江江边，了解船工的英雄事迹，作了大量报道。记者白夜撰写了《特等功臣严声甫》《田世章江上建奇功》《渡江先锋周盛友》等3篇通讯，后来，这3篇通讯全部被收入《黄花集》（1984年当代中国记者丛书）中。

2001年编纂的《江苏人民革命斗争群英谱·靖江分卷》中，收录了不少参加渡江战役的船工事迹，且摘录部分。

周荣瑞，绰号周老四，1915年生，贫苦渔民。1944年加入中国共产党，1948年任九圩港口支部书记。

1949年3月，解放军百万雄师饮马长江，渡江战役在即，一个最艰巨的任务是筹集渡江船只。时任九圩港口支部书记的周荣瑞接受任务后，约集所有熟悉的船工朋友，向他们反复宣传渡江作战的意义，消除他们的思想顾虑。船工们纷纷表示愿为渡江战役出船出力。

4月21日晚9时，渡江战役的帷幕拉开了。在青龙港地段，周荣瑞率领18条先锋突击船第一批出发。他们3只船一组，排成品字形，载着渡江的勇士，扬起风帆，飞快地向对岸冲去。江面炮弹轰鸣，水柱冲天，渡船随时可能被敌人的炮弹击中。周荣瑞一马当先，冒着敌人的炮火，勇往直前。其他船工们也乘着风势，不顾一切地奋力划桨、摇橹，以最快的速度把解放军送到了江南。

这一夜，周荣瑞往返接送了3次。此后，他又连续作战，在江面上奋战了几个昼夜，顺利地完成了上级交给的渡江支前任务。渡江战役胜利后，周荣瑞被苏北第一渡江支前司令部通报表扬，并授予“渡江先锋”的光荣称号。

殷祥根，1915年生，斜桥镇春江村（原桑园村）人，贫苦农民，以行船、务农为生。

殷祥根是船队队长，率领的是一支由10余条木船组成的船队。他深知此行的危险，渡江前，他把唯一的儿子殷金富托付给邻居，他说：“如果我牺牲了，就请你们把他抚养成人。”

4月21日晚，船队要出发了，他召集各条船上的老大和水手们开会，他要求大家先摇橹，等船行过江心，再扯满篷，猛冲南岸滩头，这样可以减少牺牲，保证一次成功。另外，他还反复叮嘱：我们不是一支船队单独行动，一定要听从号令！

在殷祥根的带领下，这支船队悄悄地从安宁港出发。船一过江心，就被敌人发现了。照明弹立即划破了夜空，敌人的机枪猛烈地扫射起来。殷祥根身上敞着的棉袍子被敌人的枪弹穿了个窟窿，咝咝地冒着火花，他全然不顾，果断发出命令：“扯满篷！各船扇面排开，一齐猛冲！”

此时船借风力，冲向南岸滩头。解放军迅速地跳下渡船，很快就抢占了敌人的滩头阵地。

包祥华，1913年生，斜桥镇六一村人，贫苦农民，以务农兼船运为生。

1949年初，乡领导走村串户，动员和组织船民载运部队渡江，包祥华带头报名参加。在他的影响下，全乡船民全部报了名，并把船只集中到和尚港口。包祥华的船吨位较大（18吨），被分配到上四圩港，作为领队船只之一。

4月21日晚，渡江战役开始后，包祥华的船满载着解放军指战员率先出发，并一举登陆成功。他立即又折返接运第二批。在第二次运送解放军战士前往江南途中，包祥华不幸右手中弹，流血不止。但他简单包扎后，又坚持把部队送到了江南目的地。

渡江战役结束后，包祥华受到苏北渡江支前司令部的嘉奖，被评为一等功臣。

卢纪彬，1925年生，柏木乡柏一村（今属靖城街道）人，贫苦农民，以撑船为业。

1949年春，大军渡江前夕，卢纪彬就驾着自己的船，连续几个晚上护送几位化装成渔民模样的解放军侦察员到江阴侦察。

4月21日晚上，渡江战役打响了。卢纪彬的船上载着10多名解放军战士第一批渡江。江面被炮火照得雪亮，身边的江水时不时被炮弹激起一丈多高的巨浪。船终于接近江南岸，部队准备登陆。船上负责指挥的是一位营长，他身先士卒，第一个跳下水，不料这是深水区，巨浪一下子就把他淹没了。卢纪彬反应很快，立即奋不顾身扎入水中，用尽全身力气托住营长。在战士们的协助下，营长被救上了船。

王福林，1923年生，越江乡新普村（今属滨江新区办事处）人，贫苦农民，以行船为业。

4月21日晚，渡江战役开始。王福林的船只满载解放军战士驶向南岸。快到对岸时，为了迅速控制滩头阵地，船上的一位首长下命令："不要等船接近南岸，水到腰身时就可下水。"但是，当时王福林船上没有点水篙，一时也无法找到其他东西代替，无法确定水深。

为了战士的安全，王福林让其他船工掌舵，自己扶住船舷，跳下水。正是暮春时分，江水还很寒冷，王福林随着船向前蹚，一直等到脚踩到江泥时，才叫战士跳下水去。等战士们全下水后，王福林又爬上船，调转船头往回开。这一夜，王福林一共渡了6船战士，出色地完成了任务。

毛帮槐，1904年生，敦义乡毛家村（今属西来镇）人，贫苦农民，以行船为业。

1949年春，永振乡接到上级指示，要物色一个政治上可靠的熟练舵工，去部队学习开柴油机和掌舵技术。毛帮槐得到消息后，主动报名要求参加。毛帮槐在部队学习期间，刻苦钻研，很快掌握了相关技术。部队首长指派他为队长、正老大，负责10条船的集训工作。

4月21日晚，毛帮槐带领10条船满载解放军战士出港，只花了一个多小时，就把一个营的部队安全送到江南岸。返回后再度出港，敌人已经察觉，机枪、大炮一起开火，弹雨袭向木船，左边2条木船中弹起火。毛帮槐沉着机智，立即调头返航，先把船上解放军暂时送回滩头，然后又调转船头，冒着敌人的炮火，驶向中弹着火的船只，一面帮助扑火，一面将落水的战士一个个救起。

这天晚上，毛帮槐带领船工们一次又一次运送解放军过江，直到顺利完成任务。渡江战役胜利后，毛帮槐参加了评功会，荣立一等功。

当年靖泰县的蒋华、曲霞、广陵三个区，如今属于泰兴市。这3个区的船工也积极加入运载大军渡江的队伍中，涌现出不少英雄人物。

秦长贵，1909年生，靖泰县蒋华区七圩港人，贫苦农民。以长江摆渡为业。渡江战役发起前，第23军在蒋华桥召开评功受奖大会，秦长贵被奖励锦旗一面，并作为受奖的渔民、船民代表发言。

1949年4月21日晚，渡江战役打响。秦长贵的船是第23军突击队一号船，上装着一个连的战士，一马当先，冲在最前面，船很快到达南岸乌泥滩登陆，而且无一人伤亡。

这一夜，秦长贵往返4次运送解放军战士渡江，第二天晚上往返5次，第3天白天装战马又往返6次。在整个渡江战役期间，秦长贵与其他5名船工连续9天，往返32次，共运送解放军指战员2000多人，战马180余匹，以及许多军用物资和担架。渡江时，一位首长见秦长贵等人废寝忘食，十分辛苦，把肩上的干粮袋解下，往秦长贵的颈上一套说：“这给你们充饥吧。”

渡江战役胜利后，秦长贵被评为特等功，他船上其他5人均被评为功臣。解放军第28军司令部、政治部还授予他们“扬子江上英雄船”锦旗一面，以示嘉奖。

丁广田（1918—1974），靖泰县蒋华区天星乡人，贫苦渔民。

1949年春，解放军准备横渡长江，丁广田积极报名参加支前，被编入船舶2团3队。2月5日驶入靖江四圩港黄家桥进行紧张训练。

4月21日晚，渡江战役开始，丁广田驶着小木船和其他船队乘风破浪，迅速把先遣部队送到江南申港。半夜12时又送出了第二批。

22日，丁广田被调到马船4队，船开出靖江四圩港后，橹坏了，风也停了，船顺水往下游漂去。漂到八圩不远时，突遇敌军舰，敌人用机枪向丁庆田的船射击，船头被打了9个洞。在这万分紧急的情况下，他不顾生命危险，跳下水，紧贴江堤背纤拉船，避开敌人的射击，安全到达目的地。

23日晚，丁广田的船正向江南急驶时，碰上敌中型巡洋舰“永纪号”。他机警地将船斜穿过去，主动向敌喊话：“喂，你们没处逃了，赶快投降！解放军优待俘虏！”敌军立即答道：“好！我们投降，但要求你们不要开炮。”丁广田一听大喜，立即返航上岸，向解放军某部商大队长报告敌舰要求投降等情况，并愿意前去联系。又约定如半小时不回来，说明敌不投降，解放军就马上开炮轰击，若是真投降，则以亮白旗为号。商大队长给了丁广田一支长枪，丁广田只身开着小船向敌舰驶去。

丁广田上了敌舰后，敌舰长突然变卦，不提投降的事，而询问北岸是什么地方。丁广田脑筋急转，便把四圩港说成是四墩子。四圩港是解放军最后一道封锁线，如果敌人知道了，可能会拼命逃跑。敌舰长又问，四墩子离四圩港还有多远，丁广田故意说得远一些，说有12里。但是敌舰长心存侥幸，认为还不算远，可以冲出封锁线，便拔出手枪大声叫嚷：“等死不如拼死，冲过去！”丁广田机智而又沉着地对舰长说：“老实告诉你们，你们逃不了了，解放军的大炮摆了几十里，四圩港这道关你们怎么也不能通过！”敌舰长将信将疑。站在旁边的副舰长也犹豫起来，一边看地图，一边皱着眉头沮丧地说四圩港这关确实难过啊！

丁广田察觉到敌人不熟悉地形，正处于恐慌、动摇状态，就趁机宣传解放军优待俘虏等政策。许多士兵蜂拥上来听他的演讲。

半小时过去了，北岸的解放军根据约定，向军舰开了一炮，炮弹准确地落在敌舰上，当场炸死2个士兵。顿时敌兵乱作一团。

丁广田胆更壮了，大声喊道："要投降的就赶快派代表上岸，再不投降，你们都要完蛋！"舰长见军心已散，迫不得已只好派出了以梅副舰长为首的12名代表，打着白旗，乖乖地上了丁广田的小船驶向四圩港，联系投降事宜。

丁广田大智大勇，促使"永纪号"上的120多名海军官兵缴械投降，"永纪号"舰回到了人民手中。

在渡江战役的东集团，还活跃着许多苏南、苏北船工的身影，人们同样也不能忘记他们所做出的贡献。

宋子福、宋予林、宋予金、宋文彬四兄弟，江阴县德积乡金城村（今属张家港市金港镇）人，宋家祖辈都以行船为生，有一艘25吨的大船，弟兄四人都在船上劳作。1949年初，解放军即将发起渡江战役，宋氏四兄弟接受了任务，到靖江新港参加集训。4月21日晚，万里长江，千帆竞发，宋氏四兄弟的船从罗家桥起锚到南岸巫山港，在枪林弹雨中，他们毫无惧色，始终航行在前列。篷上3根缆绳打断了2根，他们仍奋力摇橹，快速前进。如此，连续往返了5次，运送解放军战士200多人过江。

王大桂，江阴县德积乡北荫村（今属张家港市金港镇）人，贫苦农民，以行船兼务农为业。4月21日，渡江战役打响后，王大桂从靖江安宁港，运送解放军至苏南双山沙。他所运送的是三野第29军第85师第253团10营。渡船劈波斩浪中，王大桂的裤管被横飞的子弹打穿4个洞。为避开敌人火力，王大桂以高超的航行技术让船曲线前行。快到南岸时，船上的17根篷杆被打断16根，桅杆倒了，船无法靠岸。王大桂大声喊道："同志们，跟我来！"他第一个跳下水去，30多名战士也都跟着跳入齐腰深的水中，很快登上南岸。接着，王大桂又胜利完成了从龙潭新港到巫山港的2次运送解放军的任务。

张鹤皋，也是德积乡金城村人，1949年初，在江北参加了3个月的渡江作战训练。4月21日晚从蟛蜞港运送解放军战士渡江，往返3次，把80余名解放军送到南岸滩头。后荣立二等功。

王尚富与张鹤皋同村，有一条载重11吨的木帆船。1949年2月，他的船被人民解放军征用。4月21日晚上，渡江战役打响，王尚富的船从新港出发，运送257团战士到江阴石牌港。这一夜，王尚富往返7次运送解放军战士。

其他有记载的参加渡江战役的张家港市的船工，还有南沙镇长山村（今属金港镇）的范仁才、秦耀明，港区镇（今属金港镇）的朱网根、杨汝根、卢生洪、陈才宝、闻永泉、闻玉泉，三兴镇（今属锦丰镇）的朱汉清、施连富，中兴镇（今属金港镇）的沈满生等等。

白夜在靖江采写的通讯《扬子江上英雄船》中，讲述了来自江阴的9个船老大和27名水手的故事，他们属于苏北船舶第2团第一大队第2中队。

这9个人是分队长郭小根以及王小弟、徐玉成、陈小宝、刘德继、张继林、王朋成、张有才、魏本余。

王小弟，1915年生，江阴县澄江镇杨家嘴（今属江阴市澄江街道）人，贫苦农民。1948年三四月间，王小弟被国民党军抓差运粮到利港，经地下工作者援救才逃离虎口，驾船到靖江上六圩为解放军渡江服务。王小弟受派为中队长兼第一小队队长，驾驶第一号船。船上有水手3名。

在船工动员大会上，王小弟代表大家做出6项保证：

一、服从命令听指挥；二、不怕流血牺牲；三、不怕飞机、兵舰、大炮；四、不开小差；五、救援损伤船只；六、不完成任务不回家。

4月21日当晚6时，随着一声令下，9只船一顺溜地出了六圩港。郭小根的船在前，后面3只一排，每排隔四五丈远，每只船前后互相交错开。因为顺风，20分钟后，船只就接近对江的沙滩了。郭小根与一个水手杨在庚跳下水，在船后面推。这时敌人发现了，照明弹升空，照亮了满江白茫茫的水。这时，我方的大炮响了起来，敌人也慌忙还击。炮弹在船的周围激起巨大的浪柱。解放军战士一看水浅，纷纷跳下水抢登南岸。

当船工们看到解放军将一面红旗插上江南土地时，立即掉转船头继续运送部队渡江。在归途中，水手吴汝德在船头扯篷时不幸中弹牺牲。在第三次运送解放军南渡时，二号船舵工陈小宝不幸头部中弹，仍一手捂着伤口，一手操舵，因流血过多不幸牺牲。

经过7天奋战，他们终于完成了运送渡江部队的任务。

渡江战役结束后，解放军苏北第一渡江司令部和28军司令部，在靖江隆重举行渡江战役庆功大会，苏北第一渡江司令部、政治部授予王小弟等4人一等功奖状；28军司令部、政治部授予王小弟所在的一号船“扬子江上英雄船”的锦旗。

孙全云，江阴县长山安全村（今属江阴市城东街道）人。1949年正月底，孙全云在季家市参加苏北支前大队。当时他与邻村的徐林才兄弟同操一艘12吨木船，在靖江上四圩参加了2个月左右的战前集训和演练。渡江前被任命为苏北第一渡江司令部所属第一渡江大队指挥船“船老大”。

4月21日晚，解放军大军炮兵猛轰南岸，孙全云驾驶的渡船便率先到达新沟南岸，约离岸百米时，战士们便急不可待地跳下船只冲上岸去，顿时枪炮声、爆炸声响成一片。

当晚，孙全云率队渡送大军5个往返航次，光他们一艘船就运送部队近400人。随后的4天里，他们这艘船连续渡运大军、后勤部队、民工支前队等人员近2000人。第三天渡运后勤卫生兵时，许多北方女兵不敢下水登岸，孙全云就跳下水背上一个首先上岸，令全船女兵大受感动，纷纷下船涉水上了岸。

渡江战役结束后，孙全云与徐林才都获得“渡江战役特等功臣”称号，他们的渡船也荣获“扬子江上英雄船”荣誉。

在渡江战役东集团中苏北的船工也不在少数。仅《江苏人民革命斗争群英谱》上所记载，泰州地区就有兴化戴南船工朱保香、朱增龙、朱永寿，泰县（今姜堰区）姜堰镇的王永才、里华镇（今属华港镇）的刘德山、兴泰乡的徐佩兰、俞垛乡的徐圣基、严如玉、罡杨乡（今属海陵区）杨荣怀，泰兴大生镇（今属滨江镇）的杨林堂、港北乡（今属新街镇）的周庚福，等等。此外，还有阜东县（今滨海县）东坎镇的赵荣生，如皋县营防乡（今属九华镇）冯万余，海安县王凤英等人。

王凤英，当时是年仅16岁的小姑娘，主动报名参加支前。征集船只的同志嫌她年龄小，她却说，她常年生活在小木船

我送亲人过大江（邹健东 摄）

上，从小就跟着父母水上漂，浪里走，很小就学会了撑篙、划桨、摇橹、操舵等弄船行当。征集船只的同志拗不过她，只得同意了她的要求。到了部队，她训练很刻苦，并且担任了第一批渡江12条民船的班长。后来，在渡江战役中，她冒着枪林弹雨，往返3次运送部队过江，出色地完成了任务。战役结束后，王凤英被记特等功，并获得了“渡江英雄”的光荣称号。华中《新华日报》还刊载了她的事迹。

以上所摘录的，只是渡江船工故事中的很小部分，即便如此，也已经让人们对这些勇敢而可敬的船工有了清晰而深刻的印象。像丁广田这样大智大勇，劝降敌舰的毕竟是特例，其他船工的故事则大同小异。与那些前赴后继、奋不顾身的解放军战士相比，他们的经历似乎有些寡淡，既没冲锋陷阵，也没攻城拔寨，但是没有他们的义无反顾，舍生忘死，百万大军再勇敢也无法逾越长江天险。这些贫苦出身的船民、渔民同样是这场战役的功臣。

在运送大军渡江时，涌现出许多诸如父子、兄弟争相支前的动人画面。靖江渔民张金生、金留弟夫妻争着上船，双方争执不下，后批准两人一起上船。在青龙港江面上，渔民翟金林、倪正贵、周八斤、王九斤、夏留留等几名党员，驾船载着部队驶在最前面，船到江心遭敌人炮击，一发炮弹落在船队中间，船民孙长生不幸中弹牺牲。船民们不顾炮火连天，送走第一批部队，掉转船头回来又送第二批。

渡江战役除了需要船工，还需要熟悉江南情况的向导。

靖江县委、县政府还根据上级要求，为各个部队组织起向导队，以便大军渡江后识别道路，追歼残敌。部队要求每一个渡江的连队都要配备向导一名，这些向导必须具有高度的政治觉悟，还要熟悉水性，识别航道，并对苏州、无锡、常州一带的情况有所了解。

如何在短时间找到这么多的向导呢，靖江县委、县政府拓宽思路，在江南做过木匠、篾匠、裁缝，熟悉江南地形或有亲戚关系的群众中物色，和泰兴、如皋等县一起组织选用了1000多名向导员。

这批向导跟随大军一起乘船渡江，登陆后指引方向，为部队向纵深发展，全歼敌人立下汗马功劳。

周志顺，家住地处江边的八圩。经常来往于长江两岸，对苏南情况较为熟悉。

1949年春，中国人民解放军渡江部队为做好渡江作战的准备工作，急需了解江南岸边的敌情、地形、水路、滩深等详细情况。部队首长把长江工委负责同志找到军部，要求在近期内找一部分经验丰富、熟悉情况的渔民到军部介绍情况。当时，军部设在姜堰，到那里要走100多里路。交通不便，情况急，时

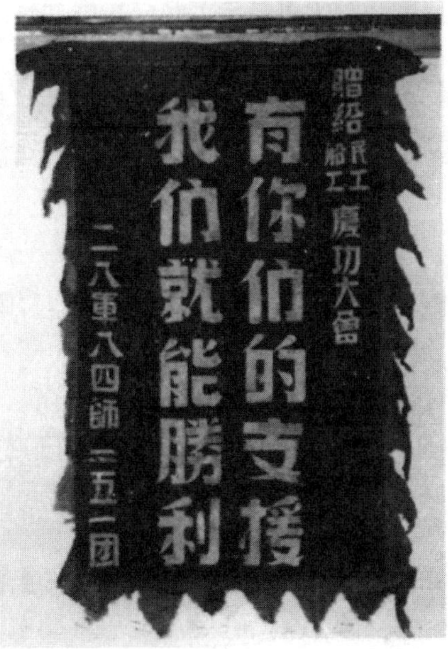

28军84师251团授予船工周志顺的锦旗

间紧，又要及时赶到，困难较大。长江工委的同志回来后，马上召集渔民大会，把情况作了传达。怀着对子弟兵的热爱，对国民党反动派的憎恨，周志顺第一个报了名，还推荐了几位老渔民。当天大家就乘船出发，船到了泰兴黄桥，水路断了，此时已经天黑，但为了能及时赶到军部，周志顺对大家说："水路不能走，我们就走陆路。"大家摸黑整整步行了一夜，天明才到达军部。他们顾不上休息，立即向部队作战科的同志详细讲述江南的地形、地貌等情况，直到部队同志满意为止。此时他们虽感疲劳，但因完成了任务心情十分舒畅。

施洪海，1912年生，东兴乡五圩埭（今东兴镇万圣村），贫苦农民。1946年加入中国共产党。

1949年3月，第三野战军28军某部8连驻扎在东兴乡五圩埭，加紧训练，准备渡江南下。上级命令每个连队都要配备一名熟悉江阴地形的向导。

施洪海少年时即跟随父亲在江阴走街串巷做裁缝，对江阴的地形比较熟悉。当他听说连队正在找向导，就叫醒了打铺睡在他家的一位山东籍战士，要他带自己去找指导员要求做向导，给连队带路。连长、指导员喜出望外，连声称谢。回家后，他又说服了妻子。

在施洪海的带动下，村里其他几个熟悉江南地形的村民也主动要求参加，并被分配到别的连队当向导。

4月21日晚，百万雄师横渡长江。8连过江后，施洪海冒着敌人的枪林弹雨，带领战士抄小路赶到敌人前面，埋伏下来，歼灭了一股逃敌，圆满地完成了任务。

陶三郎，斜桥项家村人，贫苦农民，以种地为业，兼打铁、行船为生。

渡江前夕，中共柏木区委听说陶三郎对江阴后塍（今属张家港市）一带的水路很熟悉，就动员他担任向导。21日晚陶三郎随渡江侦察连的先导船先行渡江。当船接近江南岸时，遇到国民党巡逻艇。陶三郎与战士们一起下水登陆。敌人开枪射击，陶三郎左耳受伤，鲜血直流。但他依然继续引路，将解放军带到后膛目的地。

杨永康与杨永和是兄弟俩，家住太和区，都是篾匠，他们的妹妹嫁在江阴南闸，兄弟俩常去那一带做手艺、走亲戚。当他们听说政府要成立向导队，争着报名参加，并订下了一份“生死合同”。

为什么要订这种合同呢？因为他们很小时父亲就去世了，有个叔叔也死了。杨永和过继给他的婶母做儿子。杨永康结婚早，已生了孩子。而杨永和刚刚结婚。在争论谁去当向导的过程中，兄弟俩各摆理由。

杨永康说：“我已有了孩子，即使牺牲，杨家也不会断根，况且我是老大，应该我去。”

杨永和说：“正因为我没有孩子，无牵无挂。你是老大，就要把门户撑起来，应该我去。”

于是，兄弟俩订了一份合同：不管哪个参加向导队，如果牺牲了，就由另一个担负对两房老人的供养和对孩子的抚育责任。后来全家商议了好几次，最终同意了让老二杨永和去当向导。

渡江胜利后，靖江的向导员们都陆续返乡了，杨永和却杳无音讯。家里人以为他牺牲了，便摆设灵堂，老婆和侄儿为他披麻戴孝。可是过了几天，他却神奇般的回了家。原来他把大军运送过江后，又跟着部队打了几仗。部队领导怕他家里人不放心，硬把他“赶”了回来。

这些可敬的船工、向导、民工们今天绝大部分已经作古，但是他们为渡江战役所做的贡献却不可磨灭，他们的故事留在人们的记忆中，留在发黄的书页上，成为那个时代的传奇。

渡江战役胜利后，东集团各军与苏北第一渡江司令部、政治部分别在靖江召开表彰大会，为每个参加渡江作战的船工颁发纪念奖章，为建有功勋的船工、船只授奖。

渡江胜利纪念章

4月25日，第29军在新港召开的渡江支前庆功大会上，敦义丹华港船工陈世荣在庆功大会上荣获“特等功臣”光荣称号，

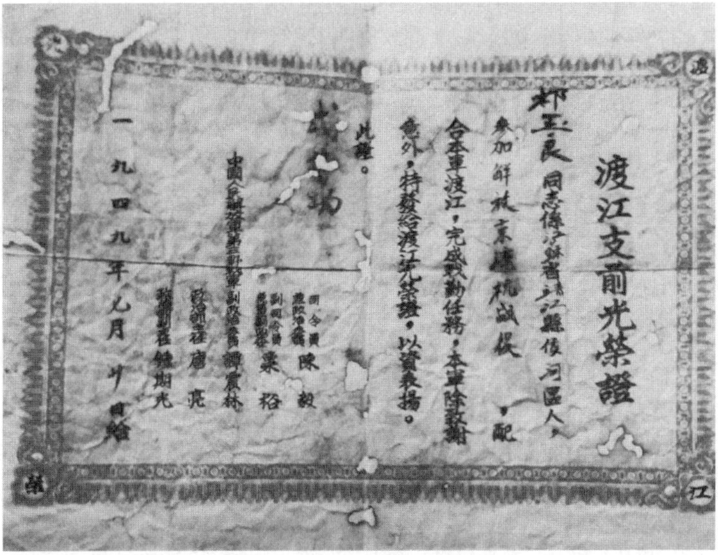

支前民工连连长祁玉良荣获渡江支前二等功的证书

苏大林获一等功臣。[①]

4月30日，第28军司令部、政治部与苏北第一渡江司令部、政治部在上六圩岸堤举行庆功大会，召集所有船工、民工参加。江阴船工王小弟所驾驶的一号船在上六圩—徐村渡口强渡冲锋中第一名到达南岸，28军司令部发给奖旗一面，奖状一张，授予“渡江英雄船只”称号。苏北第一渡江司令部也颁发了奖状。

同日，第23军在靖江青龙港杨家桥庆功大会上，靖泰县蒋

① 出自《靖江革命斗争史：西来、长安、柏木区资料选》，中共靖江县委党史办公室1989年1月编印，及据陈世荣、苏大林保留的荣誉证书相关信息。

华区七圩港船工秦长贵被评为特等功，船员丁年寿、朱以友、冯光友、严圣祥等被评为渡江功臣。23军司令部、政治部奖给“扬子江上英雄船”锦旗一面。[①]

靖江，享有“东线第一帆”的美誉。作为东集团的重点突破地区，哪一条船只最先登陆江南?

1959年6月10日，《江苏文化革命报》刊登了吴炳南的报道，《泰兴发现1949年渡江战役第一条到达江南的船——扬子江上英雄船》。报道中所说的船，就是靖泰县蒋华区七圩港秦长贵所驾驶的那一条帆船，渡江战役后被命名为“扬子江上英雄船”。秦长贵被评为特等功臣。1951年9月，秦长贵出席了在北京召开的全国劳模大会。1959年庆祝中华人民共和国成立10周年时，秦长贵所驾驶的船及部分用具被当时的泰兴县委送至北京军事博物馆展览。

1985年，由江阴船工王小弟口述，薛应龙、周秉钧整理写成的《千舟竞发，一帆当先》一文，登载在《江阴文史资料》第6辑上。文中说：

又因东线首批强渡地段是江阴境内的3处，徐村登陆段

① 参引自江苏省党史办公室编《江苏人民革命斗争群英谱：选编本》上册，江苏人民出版社，1999年10月，原文作28军，当误。

较长山段、利港段为早，所以我船有“东线大军强渡第一船”的光荣称号。

2003年编纂的《江苏人民革命斗争史略》中又记载：

（靖江）侯学（阿）三所在船只被光荣地命名为“扬子江上第一船”。

侯阿三即侯鹤林，1900年生，靖江八圩镇八圩村（今属江阴—靖江工业园区办事处）人，贫苦农民，以撑船为业。4月21日晚，渡江战役打响，侯鹤林的船从东兴区二圩港边起航，载着解放军战士，一马当先向江南驶去。他连续往返4次，每次都冲在最前面，摇橹、划桨，手上磨起血泡。

这样，关于东线第一船，靖江、泰兴、江阴3县各执一词，到底孰是孰非呢？

虽然，10兵团司令叶飞将军在《飞渡长江，会战淞沪》一文中说：“伟大的历史时刻到了。19时30分，我下达了渡江命令。担任我第一梯队之23军、28军、29军，于龙梢港至张黄港段同时并肩南渡。”但作为渡江第一梯队的3个军的突击队实际出发时间还是有差异的。

第23军的起渡时间是4月21日19时30分，登陆地王坍港两侧，时间为19时46分。[①]

第28军的起渡时间是4月21日19时40分，登陆地江阴徐村，时间约是20时30分。[②]

第29军的起渡时间是4月21日20时，登陆地长山中段，时间近21时。[③]

由此看来，东线第一帆当属编为第23军突击队一号船的秦长贵的帆船。靖江侯阿三的船实际是从二圩港出发的，最先到达江南的“第一船”。江阴王小弟的船则是从上六圩港出发，第一个到达江南的船只。

兵民是胜利之本。渡江战役的船工身上，体现了中国普通百姓支持革命、不惧牺牲、奋勇前行的风采。正是从统帅到将军，从士兵到百姓，万众一心，众志成城，人民解放军才顺利地跨越长江天险，踏上全国解放的征程。

---

① 中国人民解放军历史资料丛书编审委员会编著,《渡江战役》,卢胜、谢云晖篇《春风又绿江南岸——第23军作战纪事》,解放军出版社，1995年3月。

② 陈广相编著,《铁流千里：中国人民解放军第28军征战纪实》,解放军文艺出版社,2007年12月。

③ 参见《情满千帆》孔诚篇《回忆我团从靖江胜利渡江》。

十　无上荣光

1949年4月8日，粟裕、张震电示叶飞：

各部当面敌之桥头堡，除八圩港、龙梢港须留至总攻发起同时攻歼外，其余桥头堡，凡渡江必须者，统限真日前肃清完毕，尔后力求隐匿，以求强渡之突然性。

之所以保留八圩港、龙梢港这两个据点，是为了不打草惊蛇，引起江南敌军的警觉与惊慌，从而打乱解放军渡江的部署。

接到这个电报后，10兵团于是日至10日指挥华东军区警备6旅对泰兴龙窝口等敌驻军发起进攻，敌渡江南逃。原本准备稍迟解决的龙梢港之敌竟也弃阵逃窜。自此，长江北岸，国民党只剩下最后一个据点——靖江八圩港桥头堡。

为了固守住这最后的堡垒，国民党驻军将七圩以西、九圩以东以及街北居民房屋烧光拆光，树竹砍光，制造无人区。然后将拆下来的砖瓦、木料和砍来的树竹，在七圩港西岸筑起了宽约1.5公里、长约3公里的椭圆形土墙。土墙内包括有八圩港小集镇和大小村庄数十个，还挖有许多壕沟。土墙外设置了竹障，碉堡、土堡林立，还到处埋上地雷，形成立体工事，俨然是一座固若金汤的城池。

守敌145师本是川军，骁勇善战，在抗战中建有功勋。该师擅长修建工事。此次在八圩港构建的立体工事，后来给解放军的攻击部队造成很大的困难。

国民政府行将倾覆，驻八圩港的敌军145师的给养常常得不到保证，所以经常下乡抢劫。这些国民党兵饥不择食，不管是粮食、家禽、牲畜，还是田里的蔬菜，常常抢掠一空，老百姓恨之入骨，只好将能藏的藏起来，能带走的全带走。

炮台圩在八圩桥头堡的东侧，因为毗邻便成了八圩国民党驻军经常骚扰的对象。

据江峰村王靖波回忆，他的外婆是宿迁人。一次八圩的国民党军下来抢粮，一个半大小子士兵看见外婆家有一袋米，抢起来就跑。他外婆当时还年轻，跟在后面就追，追上去一把抓住不放。

王靖波的外婆骂道："你把米抢走了，我不要活命啊。"

士兵说："你要活命，我也要活命。"

士兵一听王靖波外婆的口音，忙问："你是什么地方的人？"

王靖波的外婆说："宿迁的。"

士兵愣住了，眼泪瞬间就流了出来："我也是宿迁的啊。"

王靖波的外婆问："看你还是个孩子，怎么出来当兵了？"

士兵抹着眼泪说："被抓壮丁抓来的。"

王靖波的外婆问："你们当兵没有粮饷啊，你们为什么要这样穷凶极恶，祸害老百姓。”

士兵说：“没有办法，我们现在内无粮草，外无救兵，说不定哪天就会死在这个地方。”

除了抢粮，敌人还抓丁、掠夺财物，有时以较大兵力进犯高桥以北一线。

为了监视这股敌人，不让其骚扰百姓，影响渡江计划。1949年2月底，刚刚组建的靖泰县独立团第3营受命开赴八圩港，钳制围困守敌。

第3营下辖第7、第8、第9、第10连及1个机炮排。第3营开到八圩港之后，立即构筑工事，与守敌对抗，采取袭击、阻击、伏击等手段，不断打击出犯的敌人，保障了后方的安全。

1949年3月苏北军区转华东军区电令：

警备8旅参加渡江作战，归三野10兵团指挥。

华东军区警备8旅是由坚持敌后南通地区（即华东军区第九军分区）地方部队主力组建而成的。组建后立即投入整训，准备参加作战。

4月中旬，副旅长王治平赴三野10兵团司令部参加渡江作战会议。10兵团司令部交给警备8旅的任务是：

包围八圩港敌军，掩护渡江部队左翼和榴弹炮群阵地的安全，并不使敌军逃回江南，便于解放军解放江阴县城和黄山炮台。

王副旅长回来后，全旅抓紧各项准备工作，随即移驻靖江县城。

8旅党委研究围攻八圩港敌军的作战部署：23团和24团为攻击部队，从东、西、北3个方向进攻。旅山炮营主要任务：封锁长江阻敌南逃；相机配合攻击部队摧毁敌军的防御工事；22团为预备队。

4月21日，渡江战役开始之后，10兵团于王家平指挥所下达了命令：

即日黄昏前，警8旅完成对八圩港之敌的围歼，切实封锁江面，防敌南逃。

夜色沉沉，细雨绵绵，旅部率22团于22时进入指挥位置，23团、24团亦同时进入攻击发起阵地，做好攻击前的准备工作，等待渡江作战统一行动的命令。

随着掩护解放军渡江的山炮兵群，万炮齐鸣，渡江作战开始了！8旅围攻八圩港战斗的枪炮声随之打响！

敌军依据坚固的碉堡群和阵地前沿铺设的地雷进行顽强地抵抗。没有星星，没有月亮，漆黑的夜幕能见度很低，工兵排雷受挫折，炮兵难以击中目标，攻击了一个多小时，就伤亡了近百人，攻击未能奏效，旅部命令暂停攻击，召开军事民主会议总结经验，研究第二次攻击方案，报旅部批准再作攻击。

22日拂晓，渡江作战的胜利消息传来，解放军各路渡江部队均顺利渡过长江，向逃敌继续追击；江阴县城解放，黄山炮台敌军起义。至此，八圩桥头堡之敌已成瓮中之鳖。

旅部命令攻击部队按规定时间向据守八圩港敌军发起攻击。约凌晨6时30分，八圩港敌军阵地打出一面白旗，接着一个军官手持白旗，高呼："请不要射击。"并向我阵地走来。来人自称是21师前敌指挥所戴副师长的副官，前来投诚。23团派人送到旅部。旅部首长听他说明来意，经研究：派旅政治部保卫科长汤寒松同志为解放军代表，去八圩港敌军指挥所进行谈判。经谈判，双方达成如下意见：

一、投诚部队全部放下武器，集中后，指定专人看管，不得有破坏。等待解放军派人接收；

二、解放军保证投诚人员的人身安全和所有私人财产的安全；

三、留去自由，欢迎参加解放军，要求回家的发给路费；

四、投诚部队于下午1时后撤离八圩港开往指定地点。

八圩港附近村社的群众听到敌军投诚的消息，纷纷随着解放军进入八圩港。八圩港之战，是本次渡江战役在江北的最后一役，这也标志着经过多年浴血奋战，靖江终于获得全境解放。

这次战斗，共毙伤敌百余人，敌副师长以下2400余人投诚，缴获轻重机枪170余支，长短枪1200余支。①

八圩港敌据点卡在第28军与第29军渡江区域之间，由于江风吹拂，曾有一只运送大军渡江的船只，在返回时不幸漂到八圩港，幸亏解放军发现，及时施救，方才脱险。

孙汉成，斜桥镇江平村汪家埭人，当年20岁，他在姑父包老大运输船上做副手，结婚没几天，他就主动跑回船上送大军渡江。

4月21日晚，运送大军渡江一切很顺利。22日晨，又有30多位战士急需过江。可那天一丝风都没有，江水向东，流速极快。包老大告诉带队的首长，当天不宜过江，八圩港的国民党军队没有被消灭，万一船顺水漂到八圩，情况十分危险。可那

① 参见刘铁珊《解放靖江八圩港的战斗》,《情满千帆》。

位首长说："船老大啊，军令不可违。我们明天一定要赶到目的地，现在不过江就来不及，请你帮想想办法。"

包老大沉思片刻，决定把船向上游拉上一里路，摇橹抢渡。

结果和设想的一样，船一边过江一边往东漂，恰好到达江阴申港上岸。

返回时，仍然采用这个办法。谁知，意外发生了。

就在孙汉成在江滩上背着纤绳往上游走的时候，突然窜出来十几个国民党的兵，一边打枪，一边叫嚷着要他们将船靠岸。惊慌中，包老大赶紧撑篙离岸，孙汉成拉着纤绳来不及上船，只好拽着绳子随船漂向江中，好不容易才被包老大和2个押船的解放军战士救到船上。

但是，因这一变故，船未能上拉一里，在水中迅速漂移，接近了八圩港敌军驻地。

那天，解放军围攻八圩港，远远就听到炮声枪声不断。港口的敌军发现了包老大他们的船，用五六挺大机枪对着船疯狂扫射，狂呼乱叫着要他们把船靠过去。包老大用棉絮顶在头上掌舵，叫孙汉成带着纤绳游上岸，把船往上游拉。孙汉成冒着枪林弹雨，一个猛子扎到水里，奋力游到滩边，这时包老大也拉着纤绳游到岸边，他们使出全身的力气，将船往上游拉，解放军在船上摇橹，终于把船拉到了六圩港口的深水处。

包老大先上船，孙汉成负责下锚。孙汉成把纤绳搭在肩上，准备往岸边游，谁知跳下去脚没踏到江底，身子一轻，反而被船拉到了江里。包老大想跳下来救他，他大喊：“别下来，风险我一个人顶！”慢慢地，船漂移着又接近八圩港了。敌人从据点里射出的子弹像暴雨点一样落在孙汉成身边，他发觉小腿在流血。无奈之下，他丢开纤绳，往上游江岸边游去。因体力消耗过大，加上江水寒冷，没游多远，他就筋疲力尽，只能仰面浮在水上，心里想，听天由命吧。包老大躲在船里大哭，以为孙汉成没救了。

这时，江岸上出现十几名解放军，他们发现了孙汉成，见孙汉成随着水流往下游漂，就一路跟着往下游追，不停地问他有没有呛水，让他要坚持住，不要呛水。就在这时，上游有个黑乎乎的东西向孙汉成漂来，孙汉成以为是浮尸，近了一看，竟然是一根1米长的圆木。他侧身捧住木头，重新向岸边划去。将近岸边时，那一队解放军纷纷下了水，一个拉着一个的手，向孙汉成靠近。最接近孙汉成的战士伸出长枪，想让他抓住，可还是够不着。战士又将刺刀装上，这下终于能够到了，他告诉孙汉成：握紧刺刀，如果滑动，就会伤到手。就这样，孙汉成被解放军战士们救上了岸。

孙汉成躺在沙滩上，已经冻得四肢僵硬，奄奄一息。3名解放军战士架着他，来到部队驻地。他们烧了热水，把孙汉成浸在里面，又为他搓四肢，擦全身，过了好久，孙汉成的身体慢慢暖和起来。孙汉成身上只有短裤，一位解放军干部将自己的棉袄脱下送给他，一位战士给他端来一碗小米粥。

孙汉成后来回忆起当年，总会说：“我的命，是解放军从阎王爷手里夺回来的啊。”

这次八圩之战，缴获很多武器装备和军用物资，此外还缴获一个特别的战利品——一盆称作“驸马柏”的古盆景。

这株古盆景，用桧柏制作，树高1米许，主干两折弯曲，树根盘曲外露，干枝劈裂，老态龙钟。桧柏针叶在干顶长成盘龙结，整个树冠如横云飘浮。冠径超过1米，枝叶繁茂，疏密有致，俯视如绿伞开张，仰视不见空隙。树冠呈椭圆形，冠中凸边平，下面崭平，有吞云吐雾之势，是扬派盆景中的精品。

由于驸马柏古朴苍老，造型优美特殊，而被收入《中国盆景艺术》画册。其照片放在该画册的首页，定为四星级的保护盆景。

八圩解放后，驸马柏被送往扬州盆景园中。非常可惜的是，因为养护不善，这株古盆景已于1996年死亡。

敌145师驻守八圩期间，在八圩至九圩一带埋下大量地雷，为了保证人民财产安全，并保证后续部队能够平安渡江，靖江独立团3营奉命开始清除地雷。

朱根祥的支前民工队配合扫雷。朱根祥是斜桥永兴村（今属斜桥村）人，时年34岁，他带领着83名支前民工队伍协助排雷，帮助清理碉堡，填平战壕。

排雷是一项风险很大的事。在执行扫雷任务时，朱根祥发动民工，动脑筋，想办法，尽量避免非战斗伤亡。他们向当地群众借来石碾，民工们在前面用绳子远远地拉着石碾在埋雷地带滚动，如遇有地雷，必然爆炸。这种方法安全可靠，效果好。就这样，他们配合部队在3里左右的沿江地带，彻底排除了地雷，为解放大军胜利渡江扫清了前进的道路。

八圩港解放后，中共靖江县委成立了八圩接管委员会。主任由县长薛先洛兼任。委员有葛阿根、薛正富。葛阿根任八圩船管分局局长，薛正富任八圩公安分局局长。委员会的主要任务：一是负责社会治安，打扫战场；二是继续组织船只支援大军渡江。

4月23日，八圩接管委员会带领一个班的武装挺进八圩地区，负责解放军辎重及后方机关的渡江工作。同时，县委派陈尚庆、蔡少根带领民工大队进驻八圩港，支援野战军后续部队陆续渡江南下。

八圩港与江阴黄田港对渡，江面狭窄，船渡近便，是后续部队以及苏南党政领导南渡的主要渡口。后续部队、南下干部、给养辎重源源不断地经由八圩港向南运送，有力地支援着解放军完成南下大追歼，解放全中国的使命。自抗战以来，八圩港被日伪长期盘踞，内战爆发后，江面又一度被封，这条南北重要的交通口岸变得异常冷清，现在重又获得了新生，恢复了活力。

中国作家协会名誉主席、著名作家邓友梅时年18岁，他是第三野战军的一名文工团员。4月22日晚，他随部队到达八圩港口待命。

35年后，他在《初进上海》的文章里，回忆了他站在八圩港边，遥望江南，憧憬新中国的情景。

> 我们到达八圩港待命，同志们站在岸边，望着那浩浩荡荡的一江春水、望着江南的火光，真是感慨万千。“我们要过江了！要解放全中国了，要成为国家的主人了！”胜利者的喜悦和自豪使我们久久不能入睡。大家坐在江边谈了大半夜，谈话的原词句我已记不清楚，但是那中心内容，我并未忘记。说起来惭愧，竟连一句电影上在这种情况下必须说的豪言壮语也没说。大家这一时刻，对国家、对民族的使命感是十分强烈的，但由此引出的问题最多的倒是谈自己和别人的缺点。因为同志们心里的一个共同感觉是：“胜利来得这么快，自己太缺乏准备。怎么能带着这些毛病过长江去呢？

过了江我们每个人在群众面前都是党的代表、都是军队的代表。咱这样儿行吗？”

同日，苏南行署管委会主任管文蔚从八圩港渡江，布置无锡的接管工作。他后来有《骑鲸踱浪归》的文章，回忆渡江时的所见所想，他说：

22日那天，我在江边处理好一些急办的事情后，即率苏南军区、行署和无锡市军管会的一部分同志和一个警备旅，从靖江过江。大浪滔滔，气势磅礴，我们乘风破浪直驶对岸。我望着这波澜壮阔的场面，心潮宛若江涛般的起伏，思绪万千……往事历历在目，我不禁想起陈毅在《淮河晚眺》中的两句诗：“云山入眼碧空尽，我欲骑鲸踱浪归。”

中共苏南区委会和苏南行政公署的干部队伍于渡江前夕已到了靖江江边。为了及时配合解放军进城工作，先派了一部人数不多的精干队伍，作为前梯队随军渡江。由于渡江工具有限，大队干部渡江时间由苏南行署统一安排，定为4月23日下午2时。

当晚8时左右，三野特纵司令员陈锐霆同志率领特纵前指渡江南进。他们从八圩港附近乘一只小汽船渡江。当小汽船航行到江中心时，正遇上从南京退却的国民党海军总部，国民党海军总司令桂永清率领十多艘军舰向上海方向逃跑。特纵担任封锁江面任务的各炮兵群立即以密集火力对敌舰实施拦阻射击，敌舰一边逃跑一边向我还击。敌我双方炮火均从小汽船的上空飞来飞去，火红色的炮弹弹道一次接一次地划破夜空，真好像节日的烟火，交织成一幅幅美丽的彩带。

4月24日，接管太仓的党政干部近200人在李铭堂、浦太福的率领下，从靖江八圩港渡江。

4月25日，陈丕显率中共苏南区委机关，以及粟裕所率领的中国人民解放军第三野战军司令部经八圩港渡过长江。从早晨开始，南下的队伍就从泰州白马庙有次序地出发。如果有航拍的话，从旷远的天空可以看到，苏中平原境内，车辚辚，马萧萧，大批部队经由多种线路，或乘车或步行，迤逦南进，他们汇聚的地点只有一个——八圩港。

中午，南下队伍陆续开进靖江。靖城到八圩港并不宽阔的道路上人喊马嘶，行进的队伍一眼望不到头。下午3时左右，南下部队汇聚在八圩港口。长江江面上，帆船桅杆林立，数不尽的大小船只载着一批又一批的胜利之师渡江南下。江面上景象十分壮观，人们心情万分激动！

时为后勤司令部司令员兼政委刘瑞龙，也在行进的队伍中，他诗兴大发，有《八圩晚渡》诗：

行来八圩港，江阴在望中。

虽隔一江水，哪能阻艨艟。

八圩桥头堡，等闲若飘蓬。

蒋贼夸天险，突破一夜功。

苏州、吴县等地的南下干部于4月中旬在如皋白蒲集结，渡江战役发起前夕转移到季家市一带，后起程跟进，向靖江八圩港进发。25日下午4时左右向江边集结，“许多木帆船从各个港汊的芦苇丛中穿出来，上千名军人和支前民工按军事编制，上船、出港，进入长江”。

整个渡江都在夜里，于拂晓在江阴夏港等几个港口登陆。

敌人早注意到八圩渡口这座交通要津，为了阻止大军南下，5月上旬，舟山群岛之敌机每天从上午8时至下午4时，轮番轰炸八圩渡口。八圩港西一带民房大都被炸毁，造成群众10余人死伤。

5月，长江工委人员大部分南下，华中一地委长江工委撤销，成立留守处，由刘联芳、张翼鹏、陈兴龙、柳铭江、钱明环等做好善后工作。

同月，中共泰州地委和泰州区专署决定撤销靖泰县，恢复靖江县原建制，广陵、曲霞、蒋华3个区仍归泰兴县建制。

第23军为解放舟山群岛，需要征调船只运送军队。其船舶征调处专程到靖江县，请求县委、县政府支持。靖江船管局局长陶士元、八圩船管分局局长葛阿根重新动员33条大船（1800多吨）200余名船工前往舟山。临行前，县长薛先洛在新港召开了欢送大会。

6月，为了解决八圩渡口军民拥挤的矛盾，中共靖江县委决定成立联营处，和江阴、无锡、姜堰水陆联运，即一次购票，全线通行。

在渡江战役前夕，靖泰县和沿江北岸的地区一起，向地委和支前司令部表决心：要人给人，要船给船，要粮给粮！全力支援大军过长江！其中除了支援粮草和渡船、船工，还组织了大量的民工，配合渡江作战。

3月14日，《大支前》有这样的报道：东兴区一千多名民工在出征前举行誓师大会，保证做到“四要”：

一、要坚决完成任务，不开小差；

二、要努力学习，多识几个字；

三、要出劲工作，争取做模范；

四、不是党员的要积极工作，争取回来入党，是党员的出力工作，回来做好干部。

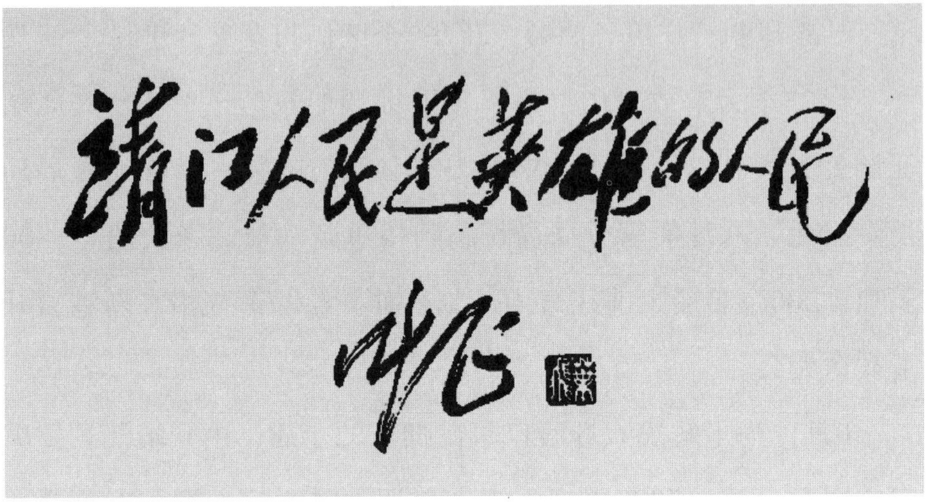

叶飞为靖江人民题字

在西来区区委书记陈尚庆等带领下，有一支300多人的民工队伍，一直活动于八圩港至张黄港之间。他们首先参加了解放八圩港的支前工作，接着又协助部队在八圩港口一带，扫除了2000多只地雷，之后在八圩港帮助运送了几千吨的后勤物资过江。一直到1949年7月，这支民工队伍才结束了支前工作。

除了支前民工外，还有常备民工随大军南下，执行远征支前任务。

根据地委下达给靖江县的常备民工任务，1949年2月下旬，靖江县委对渡江支前民工征集工作做了全面部署。由上而下、由党内到党外，全面动员群众全力支前，共征集随军渡江民工7000余人，后经过筛选，最后确定6288名。此外还征集了500副担架，377辆小车，1762副挑子随军南下。

参加远征支前的靖江民工，以全县10个区为单位成立大队。大队以下为中队、分队，共编成10个大队、40个中队，县设民工总队部，总队长郭葆清（县委委员、民运部长）、政委吴进先（县委委员、副县长）、参谋长裴封五（东兴区委副书记）、政治处主任陈仁（太和区区长）。下设政治处、参谋处、财供处（主任杜世荣、会计叶振）、总直机关支部书记殿绍荣（原警卫连指导员）。

上级还规定，在常备民工中发展党团员的任务，靖江民工发展出党员700人，团员1200人。在民工队伍中，有组织、有计划地开展建党、建团和培养干部工作，不仅巩固了民工队伍，极大地保证了支前任务的完成，还为新中国的建设培养了一大批积极分子和骨干。

4月19日，分区司令部命令，靖江总队出征民工20日离开海安李堡，投入渡江战役。每人备好7天至10天的干粮（粗粮碎玉米、细粮粟米，各一半，盐和油每人各2钱等）。21日到达泰兴县黄桥南横巷待命。21日又急令全队民工23日到达靖江罗家桥渡江，随后直达江阴南门集结。

渡江时正是下雨，大汛、大浪、大雨、大潮一齐袭来，行船艰险万分。过江时，一只大船桅杆被狂风吹断，船在江中打转，大家齐心协力，好不容驾船撤回北岸，重新调换桅杆。由于大浪，不少人呕吐不止。大家纷纷用斗篷、衣服裹住医疗器具和药品，宁可自己淋雨，也不让医疗器具药品受损。

渡船接近江心时，遇到了一艘向东逃跑的敌舰，枪炮射击不停。渡船在枪林弹雨中向南岸进发。接近岸边时，又恰遇退潮，船只搁浅。离岸还有一段路。民工们下船涉水，多数人身负七八十斤重的物品，有的人还要牵赶着骡马。大家涉水冒雨顶风，在江滩泥泞中艰难跋涉，肩负沉重，队伍前后差距拉大，整整一个多小时，才将队伍集中起来。湿衣未干，饭还未吃，随即赶至三野总后领受任务。

三野总后布置的任务是：

靖泰县的民工总队一分为二，组成东线、西线两个团。

东线2500人，由团长兼政委朱国华（组织部部长）、参谋长裴封五率领，跟随10兵团炮兵部队，抬运粮食、炮弹，沿江阴、无锡太湖边一线，直达浙江杭州。

西线2500人，由总队长郭葆清、政委兼政治主任吴进先率领，跟随三野总后医院，抬运粮食45000斤，以及大量医药器具、发电机、各种燃料，于4月23日夜由江阴、武进、常州，至京杭国道钱塘江边直至杭州。

4月26日上午，西线民工正肩负支前物资，行进到宜兴和桥地区，突遭国民党4架飞机扫射空袭。民工重伤1人，轻伤2人。

抢救包扎后，重伤员送后方治疗痊愈后复员回靖。轻伤2人，坚不下阵、不复员。派由2名民工照顾着，随总队医务处行军，7天治愈后归队。

30日傍晚，队伍到达浙江省长兴县、吴兴县之间的大山区，大家在山沟路旁休息吃干粮时，突然从山上冲下一股武装土匪，向民工射击，企图抢劫支前物资。总队武装侦通班立即开枪还击，匪徒狼狈逃入深山。三总后首长表扬了靖江县民工临危不乱，不损失一物，不损失一人，继续有序前行的英勇事迹。

5月3日，杭州解放，东线民工2500人支前任务完成，回江苏苏州休整。

同日，靖江西线民工到达浙江省湖州，也已光荣完成支前任务，就在集结准备回靖时，突然接到命令，要靖江民工团继续留下1200人，跟随三野总后医院赴上海，做好上海战役善后清理工作，支前时间要延续2个月至3个月。

总队长郭葆清、总队政委吴进先当即表示：坚决执行命令，请首长放心，再苦再难再累也要保证完成任务！

5月5日，裴封五率民工（从东线团赶来）1200余人，从浙江湖州复员回乡。留下的1200位民工，进行重新编队。总队下设3个大队，8个中队，34个分队。

5日夜，这批民工从浙江出发，赶赴上海。

6日，他们每人肩负70斤至80斤重的支前物资，继续沿162京杭国道钱塘江行军。头顶有敌机轮番轰炸扫射，大家只能绕开公路铁路大桥，走捷径小道。傍晚开始行军，趁黑夜冒雨从嘉兴、绍兴、嘉定、嘉善，一直到杭州城下，走遍了浙江八县山山水水，行程1000余里。20日，靖江民工从杭州城下原路返回，克服一切困难，绕开大道大桥，城市集镇，从嘉定、嘉善两县城之间，抄小路，终于在28日赶到上海闵行区目的地。

刚到上海，民工们的挑子、担架、背包未及放下，三野卫生部部长李德全就紧急召见靖江民工总队大队以上干部开会。他说：“解放军攻击部队已于25日攻占了闵行，你们的任务就是清理善后，打扫战场，抢救伤员，掩埋牺牲的同志。这次任务十分艰巨，你们要克服一切困难，圆满完成任务。”

郭葆清满怀激情地说：“请首长放心，我们一定克服困难，保证完成任务！”

当时，解放军在闵行东南、东北各设有两个前线指挥所，两个指挥所又各下设两个包扎所。部队首长交给靖江民工总队的具体任务是：

一、到前线包扎所，抬运800具至850具遗体，至指定地点，要求8天内完成；

二、到前线包扎所，抬运1800名重伤员，至闵行总后医院八部治疗，昼伏夜行，15天完成；

三、到总后医院八部，将3500名重伤员手术后的残肢断臂，抬运到指定地点掩埋，35天至40天完成；

四、到8个医疗部，将脓血衣棉，用过的带、布等医药垃圾，运送到指定地点掩埋或销毁，40天至50天完成。

五、此外，还要到郊外搬运3000余伤员所需的特殊给养和医药用品，搬运6000人所需的粮食、副食品、蔬菜及各种燃料等物资计150万斤至200万斤的日常任务。

以上任务，要求靖江民工总队务必在50天至70天完成。并规定：民工不准进入市区，不准大队人马出动，不准白天行动，以免暴露目标，引来敌机空袭，殃及市民。

6月上旬，上海地区一直阴雨绵绵，然而军令如山，民工们硬是咬紧牙关，夜行晓宿，风雨无阻。每夜走几十里郊外小道，草鞋跑坏了就光脚走，宁可忍痛也不愿让牺牲同志遗体受污染。民工们抬运重伤员时，也想尽办法，不让伤员再添新伤。有个伤员要小便又不能翻身，大队长张鹏把自己衣服脱下盖在伤员身上，说：就尿到我的衣服上吧！在场的人无不为之感动。

下雨天，总队长、大队长、教导员都把自己的被单带上战场，遮盖在伤员身上和牺牲同志的遗体上。有一次雨下得特别大，被单遮不住大雨，刘友庆、陆鸿泽这两个民工干部，率先把衣服脱下遮在伤员身上。在他们的带动下，192个民工个个脱下上衣，遮盖伤员，冒雨抬着扶着伤员，艰难小心地前行。民工陆明基抬着担架，由于路滑泥泞，草鞋滑飞了，脚被石子、钉子戳破流血，他忍着钻心疼痛，身上被雨淋得湿透，却始终坚持抬好担架，护好伤员。伤员见此情景无不落泪。刘友庆冒雨工作，又几夜未合眼，搀扶担架时，发病晕倒在阵地上，送到后院治疗未愈，又带病走上了前线。到6月5日夜，靖江192个民工经过8个通宵苦战，完成抬运掩埋牺牲同志遗体798具，提前半个昼夜完成任务。

负责抬运重伤员的192个靖江民工，经15个通宵苦战，将1850个重伤员分别送至三总后院各部救治。在护理伤员中，民工们总结了六字经验：一是“喂”——喂粥、饭、药、开水；二是“扶”——扶着轻伤员行走、大小便；三是“抱”——抱着较重伤员吃饭、换药、坐腿上大小便；四是“驮”——驮着重伤员上担架、进手术室、上病床；五是“抬”——抬担架运重伤员；六是“洗”——帮伤员洗脸、洗手脚、洗澡、洗衣服。

在那种艰难困苦的条件下，要做好伤员的护理服务工作很不容易。由于居住条件差，睡硬板床，饮食不对胃口，药品短缺，又得不到及时有效的治疗，伤员们有时意见大，便将气撒在医务人员、民工身上。嘴里骂，有的甚至动手动脚。护理人员耐着性子，忍气吞声，做到骂不还口，还要赔笑脸。护理过程中，生活环境极差，伤员疼痛呼叫声不断，日夜无安静，特别是分在病房工作的民工，连续28个日夜，得不到休息，许多人累出病来。仅祁玉良所在的中队民工就有73人病倒。

顾官堂，靖江马桥镇万福村人，时年26岁，由于劳累过度，不幸染病，奄奄一息。他对祁玉良说："我不行了，如果我死了，你要把我带回去安葬，我想回家，我不想流落在异乡。"

祁玉良抱着顾官堂，一边落泪，一边不停地安慰他："老五（顾官堂），没事儿的啊，你在医院生病，还愁治不好吗？"

可是最后，顾官堂还是不治而亡，祁玉良自己因为劳累与悲伤昏迷了几天几夜才醒过来。

5月28日下午，政委吴进先拔掉手上针头，拖着病体率领高永振、范裕祥、陈启、丁伯兰等5个总队干部到各中队驻地与民工实行"同吃、同住、同劳动、同宣传"。要求民工们既做支前队，也做宣传队，既当支前功臣，又当执行群众纪律的模范。靖江1000多名民工进入上海投入清善工作的半个多月里，最大的胜利就是在闵行新区站稳了脚跟，和100多户群众团结一致，完成了艰难复杂的支前任务，实现了出征誓言。

6月25日下午，三野卫生部部长李德全率同供给部、后勤部、后总院警卫人员一行70余人，来三总后院慰问伤员和靖江民工，他首先感谢靖江民工为上海战役善后清理工作所做出的历史性贡献，赞扬了靖江民工纪律严明、秋毫无犯、秩序井然、斗志昂扬的战斗作风。

民工朱长桂头发胡须长得很长，身上虱子还在爬动，浑身疥疮淌着脓水，他脚穿草鞋正准备出发，李德全注意到他，特地走过来，关切地问："你多大年纪？"

朱长桂说："首长，我29岁。"

李部长诙谐地说："不像，不像！你像一个五六十岁的小老头，你回家时，老婆见到你准吓一跳！"

说得在场的人都笑开了怀。

李部长又问一位叫陆伯根的民工："你腿受伤了也不休息，你一点也不怕苦吗？"

陆伯根响亮地回答说："不怕！我前天抬伤员时，看到许多伤员稍微包扎了一下，就归队上前线。比比他们，我这点苦算什么？解放军流血牺牲为人民，我们出征支前也是为了解放全中国，挨点痛、受点苦算什么？"

一席话说得李部长眼睛湿润了。

多好的民工！多好的人民呀！有这样好的民工支援我们，我们就无往而不胜。随后李部长交代随行的三总后院后勤部、供给部的负责同志，立即组织医疗小分队，为靖江民工治疗疥疮烂脚，消灭虱子，督促民工洗脚还要洗澡，要后勤部、供给部给靖江民工每人发一条短裤，发白细布5尺，并抽调几个理发员，每天巡回为民工理发、理胡须，让民工深为感动。

7月底至8月上旬，大批伤员陆续出院。

8月26日，靖江最后一批支前民工胜利地完成了支前任务，凯旋而归，靖江县委、县政府专程到八圩港迎接。

1200余名靖江民工在闵行区苦战87天，行程3200余里，圆满完成了搬运物资200万斤，掩埋遗体800具，抬运护理伤员1850人等清理善后的各项任务。他们为解放杭州、解放大上海，做出了历史性的贡献。

1949年7月1日，苏北支前司令部在《关于渡江战役苏北支前工作总结》中首先对靖江的民工动员进行了充分肯定：

> 尤其是在老区，其中如在靖江县东兴区，这次出征的民工中，自动报名的占50%，民主评议的占40%。而在泰州、两台、如东等地区，自动报名与民主评议的，亦均在70%以上。

在民工动员中，存在两种路线与办法，一种是走群众路线，通过干部带头，与民主评议的公平合理的办法，一种是单纯的行政路线，或是干部的个人路线。靖江就是采用的前一种路线，《总结》对此作出高度评价：

以上两种路线和办法所动员出来的民工，在后来的服务过程中，也很显著地收到了两种不同效果，前者一般说是比较巩固或容易巩固，如靖江县的民工，在复员时一般的减员情况仅是1%到13%，而后者则一般均不巩固，减员较多，如扬州区宝应大队，减员达21%以上。

《新华日报》（华中版）还载文，介绍了靖江县民工分队长周和根（原太和区九圩乡民兵大队长）和民工同甘共苦，教育巩固民工的事迹。

整个渡江战役前后，靖江军民共有48人为之牺牲。[①]

在渡江战役发起前夕，为大军渡江扫除障碍，从4月8日开始，华东警备6旅、7旅等配合10兵团，先后将龙窝口、平安洲、北沙、施家桥、六圩、瓜洲敌据点一概拔除，待命渡江。刚从靖泰县独立团一部上升组建的警备6旅17团参加了解放泰兴全境的战斗。

4月15日，17团一个营及炮连，激战4小时，攻占泰兴平安

① 据《靖江英烈》《解放战争时期的靖江独立团》资料以及合肥渡江战役纪念馆提供的资料。

洲。有3名靖江籍战士牺牲。他们是：

王汉民，1925年生，生祠镇红英村人。1947年2月参加革命，华东警备6旅16团班长。

黄国诚（成），1924年生，新丰乡新太村（今属生祠镇）人，1944年参加革命，原第3连班长。

陈加民，1928年生，1947年参加革命，原第3连战士。

在3月至4月对八圩据点的围困中，靖泰县独立团第3营牺牲了3人。他们是：

汤文进，1927年生，第3连副连长。

沈定明，1922年生，1941年参加革命，党员，第6连战士。

肖玉堂，1930年生，1949年参加革命，靖江独立团第3营战士。

在配合华东警备8旅解决八圩据点的战斗中。靖泰县独立团第3营又牺牲了10人。他们是：

顾小根，1923年生，土桥镇龙澄村（今属西来镇）人，1947年1月参加革命，靖江县独立团第3连班长。

张连庆，1928年生，土桥镇五四村（今属西来镇）人，1948年11月参加革命，靖江县独立团战士。

徐网庆，1925年生，孤山镇石桥村人，1943年参加革命，中共党员，靖江县独立团班长。

盛德庆，1929年生，季市镇大众村人，1945年参加革命，靖江县独立团副班长。

许英，1922 年生，季市镇井圩村人，1943年参加革命，靖江县独立团医务员。

张网庆，1923年生，季市镇劳武村人，1945年9月参加革命，靖江县独立团3营8连通讯班长。

毛培郎，1925年生，柏木乡江明村（今属靖城街道）人，1946年解放入伍，靖江县独立团1连战士。

吴荣华，1925年生，新桥镇务本村人，1947年9月参加革命，靖江县独立团战士。

姜铁（维）生，1929年生，越江乡虹兴村（今属靖城街道）人，1948年入伍，靖江县独立团战士。

严（尹）何方，1926年生，季市镇陈唐村人，1947年参加革命，靖江县独立团8连班长。

徐根林，1926年生，惠丰乡广丰村（今属东兴镇）人，1943年3月参加革命，靖江县独立团新6连战士。

直接参加渡江牺牲的靖江籍指战员有19人，他们是：

万国彬，1927年生，东兴镇惠丰村人，1948年参加革命，中国人民解放军23军68师政治部战士。

夏长保，1925年生，东兴镇恒吉村人，1948年12月参加革命，23军68师1营机炮连战士。

朱小春，1930年生，孤山镇文昌村人，1947年5月解放入伍，中共党员，23军69师206团6连战士。

吴志成，1930年生，马桥镇新市村人，1948年10月参加革命，中共党员，23军69师206团1营2连战士。

印学周，1930年生，生祠镇三河村人，1948年12月参加革命，23军战士。

张洪保，1914年生，东兴镇恒兴村人，1942年9月参加革命，中国人民解放军四野420部队事务长。

徐连保，1926年生，八圩镇四圩村（今属江阴—靖江工业园区办事处）人，1947年参加革命，第三野某部9连战士。

郭忠义，1921年生，八圩镇十圩村（今属滨江新区办事处）人，1941年9月参加革命，中共党员，第三野战军部队干部。

侯金郎，1922年生，马桥镇经伦村人，1942年参加革命，第三野战军某部战士。

陈绍，1916年生，斜桥镇黄普村人，1946年参加革命，第三野战军某部机枪手。

杨银宝，1925年生，马桥镇横港村人，1945年参加革命，主力部队战士，1949年4月在渡江解放南京时牺牲。

赵永华，1921年生，敦义乡高家村（今属西来镇）人，

1946年参加革命，华东警备6旅17团班长。

王满地，1928年生，斜桥镇民政村人，1946年参加革命，中共党员，华东警备6旅17团排长。

沈来金，江苏靖江人，29军86师257团7连。（资料来源于合肥渡江战役纪念馆）

王汉文，江苏靖江人，29军86师257团7连。（同上）

何兰生，江苏靖江人，解放军某部。（同上）

李春山，江苏靖江人，解放军某部。（同上）

王正华，江苏靖江人，解放军某部。（同上）

陆文翰，1918年生，生祠镇涨公村人，1943年参加革命，1944年入党。1949年4月21日牺牲于安徽铜陵金家渡，时为24军政治部宣教科科长。

陆文翰是渡江战役中牺牲的靖江籍指战员中级别最高的战士。24军隶三野7兵团，属于渡江战役的中集团。1949年4月21日，新华社三野总分社24支社和火线报社的同志们，为了不失渡江作战的报道最佳时机，以最快的时效报道胜利的消息，主动要求作为军政治部机关首批人员渡江。陆文翰也在其中。

据新华社新闻研究所编《血染的丰碑——新华社烈士纪实》一书所记，当时陆文翰牺牲的经过如下：

当船终于抵达目的地江南铜陵附近的金家渡口第二次靠岸时，站在船头的通讯员第一个跳上岸。不料，他竟一脚踏上了敌人预先埋设的地雷，只听轰的一声，刹那间，弹片横飞，江动船摇，船上很多同志都被弹片炸伤了。因地雷在船旁爆炸，弹片洞穿了船帮，船舱里的人比站在上面的人伤亡还要重，站在船头准备指挥大家下船登岸的夏公然是船上唯一碰巧没有受伤的。

此时，天上还下着雨，敌人仍在打炮，夏公然赶紧指挥受伤不重的同志一起将伤员抬到岸上，开展抢救工作。

文中的夏公然当时是新华社记者，后来任新华社浙江分社社长。

这一船总共牺牲了5个人，有通讯员、记者陶迅，译电员吕平以及船老大，还有就是陆文翰，他们的遗体分别被安葬在长江边上。

此外，据靖江市史志档案办公室与靖江市民政局编印的《靖江英烈》，还有2名船工在运送解放军渡江时牺牲。他们是：

李世铸，1918年生，斜桥镇六助村李家场人，运输船民工，1949年4月在运送解放军渡江时牺牲。

孙长生，1921年生，渔业一大队（上九圩港）渔民，1949

年4月在渡江战役中牺牲于上青龙港。

在《江苏人民革命斗争群英谱》中，有关于孙长生牺牲情形的回忆：

> 1949年4月21日晚，人民解放军渡江号令一下，停靠在上青龙港口江边上的孙长生的小船和其他船一起满载着渡江勇士，似离弦之箭，一齐向江南进发。
>
> 江面上，孙长生的船冲在前面。船到江心，被南岸的敌人发现了。敌人的炮弹一发接着一发落在船周围，掀起了冲天水柱。孙长生毫不畏惧，驾船快速向江南驶去。突然一团火光，一发炮弹落到了孙长生的船上，江面上一片鲜红，孙长生的小船消失了，孙长生和船上的8位勇士全部壮烈牺牲。

上海战役属于渡江战役的一部分，有7名靖江籍战士牺牲。分别是：

陈林宝，1923年生，新桥镇水三村人，1942年8月参加革命，30军90师268团班长。

吴长桂，1923年生，新桥镇德胜村人，1943年8月参加革命，30军90师268团班长。

吴根银，1923年生，太和镇姚家村（今属新桥镇）人，1943年参加革命，29军85师253团炊事员，1949年5月牺牲于上海月浦。

曹福元，1926年生，越江乡新普村（今属滨江新区办事处）人，1948年11月入伍，三野26军77师229团1营1连战士，1949年5月，牺牲于上海大场机场战斗。

闻春林，1930年生，越江乡旺桥村（今属滨江新区办事处）人，1947年11月参加革命，三野某部2连班长。

顾吉庆，1923年生，土桥镇顾家村（今属西来镇）人，1943年11月参加革命，中共党员，23军67师200团2营6连副连长。

展怀林，1922年生，大觉乡长安村（今属季市镇）人，1943年参加革命，29军85师253团战士，1949年5月在上海吴淞战斗中牺牲。

此外，还有3名靖江民工牺牲于这次战役。他们是：

朱锦顺，1912年生，东兴镇薛家埭人，1949年5月牺牲于上海北桥镇。

朱翁官，1899年生，侯河贾家埭（今属马桥镇）人，1949年5月牺牲于上海战役。

顾官堂，1923年生，马桥镇万福村人，1949年5月在上海闵行战斗中牺牲。

这些靖江籍的指战员、船工、民工，最大的50岁，小的才只有19岁，为了解放，为了胜利，他们义无反顾地献出了自己的生命，他们有的牺牲在自己的家乡，有的牺牲在异地，都倒在了新中国成立的前夜，历史将会永远记住他们！

1949年9月，靖江县船管局和长江工委留守处动员沿江船民购买国旗，迎接第一个国庆的到来，并向他们颁发了渡江纪念章。据统计，颁发给靖江支前民工、船工的渡江战役纪念章总共有1500枚，它铭记着靖江人民在这举世闻名的战役中的丰功伟绩，它谱写了靖江人民支前史上的最光辉的篇章。

1950年9月，作为代表，规劝敌舰受降有功的丁广田应邀去北京参加国庆庆典，受到了毛主席和朱总司令的接见。这是共和国的缔造者们对靖江所做出历史贡献的充分肯定。

伟大的渡江战役以人民解放军一举突破长江天险，并以运动战和城市攻坚战相结合，合围并歼灭国民党军的重兵集团，解放了南京、上海、武汉、杭州、南昌等重要城市和广大地区而胜利结束。这场战役粉碎了蒋介石妄图以长江天险划江而治的梦想，从而使中国避免再一次出现南北朝分裂的局面，也为迅速进军华南、西南奠定了基础，大大加快了全国解放的进程。

当人民解放军攻占南京，冲进总统府，登上楼顶，拔去青天白日满地红的旗帜，插上鲜艳的红旗的一刹那，一个旧政权就轰然倒塌了。一个新生的人民民主政权即将诞生。就像毛泽东所预言的那样，“它是站在海岸遥望海中已经看得见桅杆尖头了的一只航船”，已经触手可及。

在这场波澜壮阔的历史风云中，靖江，一个长江北岸原本寂寂无名的小县，成了国共双方共同关注的焦点之一。那隆隆开过的战车，那整齐开进的队伍，那些英姿飒爽的面孔，一齐涌向这里，唤醒了沉睡千年的浪花托起的土地。

靖江不仅是故事发生地，靖江的人民还是积极的参与者。这些刚刚解放，获得土地的农民，为了保卫胜利果实，以无比的热忱投入了这场伟大战争，捐粮捐饷，修桥铺路，贡献车船，担负各种后勤保障，付出了巨大的物力与人力，做出了巨大的牺牲。

人间正道是沧桑。靖江和她的37万军民，汇入了历史的洪流，成为推动历史滚滚向前的原动力，他们为伟大的渡江战役所做出的努力、所付出的牺牲将永远彪炳史册！

后记

1949年4月21日，伟大的渡江战役开始，关键的东线第一帆从英雄的靖江升起。时隔70年，《伟大的渡江：在靖江》问世了。这是一本全景式反映靖江和靖江人民支援参与渡江战役的史料书。

编撰本书，是中共靖江市委交给靖江市政协的一项政治任务。从动议到成书，历经2年多的时间。编写组先后召开多次座谈会，拟定提纲，搭建框架，研究编写体例，明确“以史为主，文史并重”的编写风格，认真听取和积极采纳方方面面的意见和建议。编写组自成立以来，从3个方面认真准备素材，抢救“三亲”史料。一是搜集资料。凡是跟渡江有关的资料、书籍，都千方百计搜集到手，并组织认真阅读，做到对这段历史了然于心。二是实地走访。跑遍靖江每一个乡镇，采访多名老干部、老战士、老船工，掌握丰富的第一手资料。三是外出采访。先后至南京渡江胜利纪念馆、合肥渡江战役纪念馆等地搜集资料，得到了很多珍贵的照片、数据、资料等。经过充分准备，编写组成员对这段光辉的历史有了更加清晰完整的认识，为撰写这部书稿奠定了坚实的基础。书稿编写完成之后，又多方征求意见，增删修订了8稿。

这本书的编撰，得到了靖江市委、市政府领导的高度重视和大力支持。中共靖江市委书记赵叶为本书作序。靖江市政协领导和政协机关干部给予了全方位的支持和帮助。编写组高峰、陈永光、马鉴、史爱梅、徐松、鞠东平、李筱纲、仲一晴、侯锡坤等人克服采写时间紧、本职工作重的矛盾，挤出时间、不辞辛苦完成了书稿的写作。

感谢潘浩泉先生和杨波先生，他们多次对本书的写作提出了许多宝贵意见。感谢靖江市委宣传部和史志档案办的支持，感谢江苏文艺出版社的支持，本书得以在渡江战役胜利70周年之际顺利出版。

编者

2019年元月